刘金山　张兴辽　主编

# 生态修复
# 重塑美丽河南

SHENGTAI XIUFU
CHONGSU MEILI HENAN

黄河水利出版社
·郑州·

**图书在版编目（CIP）数据**

生态修复重塑美丽河南 / 刘金山，张兴辽主编. — 郑州：黄河水利出版社，2019.12

ISBN 978-7-5509-2559-5

Ⅰ.①生… Ⅱ.①刘… ②张… Ⅲ.①新闻报道-作品集-中国-当代 Ⅳ.①I253

中国版本图书馆CIP数据核字（2019）第279242号

组稿编辑：张　倩　　电话：13837183135　　QQ：995858488

出版社：黄河水利出版社　　网址：www.yrcp.com

地址：河南省郑州市顺河路黄委综合楼14层　　邮编：450003

发行单位：黄河水利出版社

发行部电话：0371-66026940、66020550、66028024、66022620（传真）

E-mail：hhslcbs@126.com

承印单位：河南匠心印刷有限公司

开本：787 mm × 1 092 mm　1 / 16

印张：15.25

字数：266 千字　　印数：1—2 300

版次：2019年12月第1版　　印次：2019年12月第1次印刷

定价：108.00元

# 《生态修复重塑美丽河南》编委会

# 编者的话

党的十八大以来，河南省自然资源系统深入学习贯彻习近平新时代中国特色社会主义思想，以习近平生态文明思想为指导，牢固树立绿色发展和“绿水青山就是金山银山”的理念，全力落实省委、省政府决策部署，积极开展生态保护修复，大力推进露天矿山综合整治，加快绿色矿山建设，以自然资源事业出彩助力中原更加出彩，谱写了绚丽华章。

为深入贯彻落实习近平新时代中国特色社会主义思想，全面推进贯彻新发展理念网上宣传，聚焦河南省矿山生态环境整治，宣传各地矿山生态环境建设新实践、新成就，讲好美丽河南故事，根据《河南省 2019 年网上重大主题宣传和重大议题设置方案》，配合“世界地球日”主题宣传活动，4 月 20 日至 24 日，由省委网信办与省自然资源厅联合开展了“生态文明媒体行”活动。人民网、新华网、中国网、央视网、大河网、映象网、河南日报客户端等 26 家中央和河南省内网络媒体记者，深入许昌、平顶山、洛阳、三门峡等省辖市的 10 个基层采访点实地采访，亲身感受河南省近年来践行习近平生态文明思想，在矿山环境修复治理工作中取得的经验和成效，向广大网民展示了各地矿山复绿后的美景，带来的社会效益，以及为助力脱贫攻坚、决胜全面建成小康社会、推动中原更加出彩取得的显著成效。活动期间，各媒体共编发、转发各类原创稿件 170 余篇（条），集中宣传了近年来河南省在矿山环境生态修复方面取得的成效，全面展示了河南省践行习近平生态文明思想，促进矿山环境质量不断改善，加快生态文明，助力中原更加出彩的丰硕成果，形成正面宣传强势和亮点，产生了较好的社会影响，引发了社会广泛关注，为河南省不断加强生态文明建设、决胜全面小康、让中原更加出彩营造了良好的舆论氛围。

这次“生态文明媒体行”活动由省委网信办负责宣传媒体总协调，省自然资源厅负责活动的具体实施。活动期间，许昌、平顶山、洛阳、三门峡等省辖市市委、市政府领导高度重视，市委网信办、市自然资源局和规划局积极配合、协调安排，保证了采访活动顺利进行。借此，我们对省委网信办以及相关省辖市市委市政府、市委网信办、市自然资源和规划局、相关矿山企业对活动给予的支持表示衷心感谢。

为充分利用此次主流媒体集中采访形成一批宣传报道的优势，我们收集整理了各家媒体的报道汇编成册，编辑出版了本书，充分展示河南省在矿山地质环境生态修复方面取得的成绩，鼓舞全省自然资源工作者以更加昂扬的姿态，投身生态文明建设大潮。同时，书中所选的作品，一个最大的特点就是不同的媒体、不同的记者，采访同样的地方、同样的工作、同样的对象，但视角不同、着笔不同、写法不同，写出的报道也千姿百态、各有千秋，这无疑为基层新闻宣传工作者进一步讲好自然资源故事、做好自然资源宣传工作提供一个写作的范本。这也是我们编辑出版此书的初衷。我们真诚地希望通过此书，为广大基层新闻宣传工作者写好新闻报道提供一个写作的参考，对促进河南省自然资源新闻宣传工作有所启发。

由于时间仓促，加上自身水平有限，书中恐有不尽之处，诚望广大读者不吝赐教，多提宝贵意见。

**编　者**

2019 年 8 月

# 让中原大地山清水秀
## （代序）

地球是生命的摇篮——她提供给我们的不只是资源，更是人类赖以生存和发展的空间。

然而，曾几何时，人类对资源的粗放开发和利用，毫无节制地、过量地攫取和消耗，已让地球不堪重负，失去了其应有的“健康肤色”。雾霾锁城、蓝天不再，资源枯竭、河湖干涸，土地退化、物种灭绝，气候恶化、灾害频发……凡此种种，都是地球发出的预警信号。

中原，自古就是宜居之地，资源丰富，物产富饶。从20世纪50年代以来，由于经济社会发展需要，对资源进行了高强度的开发利用。曾经，在新乡市北部山区生产的水泥供应到全国各地。但这种“竭泽而渔”、破坏式的开发，也造成了生态环境的破坏。昔日的绿水青山损毁严重，我们赖以生存的环境持续恶化，人们在享受经济发展带来的物质享受的同时，也痛彻地感受着环境恶劣之“痛”。没有洁净的水、清新的空气，本应幸福的生活却怎么也“幸福”不起来。

习近平总书记强调，人与自然是生命共同体，人类必须尊重自然、顺应自然、保护自然。党的十八大以来，以习近平同志为核心的党中央把生态文明建设摆在治国理政的突出位置，开展了一系列根本性、开创性、长远性的工作，形成了习近平生态文明思想，给我们处理人与自然关系提供了根本遵循。

党的十八大以来，面对千疮百孔的废弃矿山，河南省不断加大矿山地质环境生态修复力度，一矿一策，分类实施，初步建立了政府、企业、社会资本等多元融合的治理模式，先后投入资金26亿元，完成矿山地质环境治理面积9000公顷（1公顷＝15亩），实现了生态效益、经济效益和社会效益的“三赢”。在废弃矿山生态修复治理中，宜耕则耕、宜林则林、宜园则园、宜水则水，因地制宜，恢复生态环境，实现对土地资源的再利用，取得了令人瞩目的成就。从豫东永城到豫西灵宝，从豫北的凤凰山到豫南的濮公山，各地都在演绎着一个个矿山地质环境生态修复的精彩故事。今年4月“世界地球日”宣传周期间，河南省省委网信办和省自然资源厅联合组织“生态文明媒体行”网络主题宣传活动，新华社、人民网等主流网络媒体记者深入基层，到矿山一线采撷矿山地质环境生态修复的精彩故事，感受矿山地质环境生态修复带来的变化，发出了一篇篇接地气的鲜活报道，向全社会传递着河南省矿山地质环境生态修复工作的正能量，也为各地进一步推进地质环境生态修复提供了借鉴和样板。

事实证明，经济社会发展不能以牺牲环境为代价，必须秉持绿色发展理念，以生态文明为底线，实现资源开发与保护的双赢。党的十八大强调指出，建设生态文明是中华民族永续发展的千年大计。为实现这一大计，我们必须树立和践行“绿水青山就是金山银山”的理念，坚持节约资源和保护环境的基本国策，像对待生命一样对待生态环境，统筹“山水林田湖草”系统治理，实行最严格的生态环境保护制度，形成绿色的发展方式和生活方式，为人民创造良好的生产生活环境，为全球生态安全做出贡献。

自然资源是生态文明建设和经济可持续发展的重要基础和载体。历史进入新时代，自然资源部门担负着“统一行使所有国土空间用途管制和生态保护修复职责”，在生态修复方面，要坚持“山水林田湖草”是生命共同体的整体系统观，坚持节约优先、保护优先、自然恢复为主的方针，持之以恒，久久为功。

2019年以来，河南省已启动实施《河南省山水林田湖草生态保护修复规划》编制工作，成功争取南太行地区“山水林田湖草”生态保护修复工程列入国家试点范围。要让中原大地山清水秀，我们必须全力以赴，打好生态修复治理这场硬仗，积极推进实施生态修复治理的重大工程，全力保护自然、修复生态，推动乡村绿色发展、生态振兴。

绿水青山就是金山银山，清洁美丽的地球，才是人类未来所在。

**编　者**

2019年9月

# 目 录

## “生态文明媒体行”宣传活动启动



## 许昌篇

## 平顶山篇

## 洛阳篇

## 三门峡篇

# 特　稿

# 珍爱美丽地球　守护自然资源

## ——在第50个“世界地球日”主题活动启动仪式上的致辞

杜清华

亲爱的同学们，尊敬的各位来宾和同志们！大家上午好：

在这阳光明媚、春意盎然、万木葱茏、鸟语花香的美好季节，我们相聚在河南省地质博物馆，共同参加第50个“世界地球日”主题活动。在此，我谨代表河南省自然资源厅刘金山书记、张兴辽厅长向各位同学、各位来宾和同志们表示热烈欢迎和衷心感谢！保护地球、呵护家园，是地球人应尽的义务和不可推卸的责任。1969年4月22日被定为“世界地球日”，很快得到世界各地的热烈响应，每年一主题，年年掀高潮，今年的主题是：“珍爱美丽地球　守护自然资源”。

大家还记得吗？今年春节有个贺岁片，特别火，影响也特别大，那就是《流浪地球》。这是一部科幻大片，慕名而观的人不计其数。宏大的场景、动人的情节、压抑的悲剧……从津津乐道转向沉默无声，带给观众非同寻常的感受。熟悉的家园，美丽的地标，漂亮的校车，在那极寒天气里，我们已经丝毫找不到。《流浪地球》中再回到原来的位置已变成了一种奢望，人回到地下城的路中变成了一场浩劫，把地球人推向了灾难，只能转移到地下空间，再也无法享受蓝天与空气，再也无法感受四季的美好。失去的，正是我们今天所拥有的；拥有的，正是我们明天要失去的。赖以生存的地球，成为一叶扁舟，只能流浪远方，命运多舛，令人揪心、痛不欲生。美国作家欧·亨利的小说《最后一片叶子》有这样的话：当最后一片叶子落下时，生命就都结束了，我也得离开这个世界而去了。作者古道在《最后一滴水是眼泪》中讲述了水、森林和人之间失调的现实问题，人类剩下的最后一滴水是自己的眼泪，以此来警醒世人。

雨果曾经说，大自然既是善良的慈母，同时也是冷酷的屠夫。大家知道，由于人类向自然界过度地索取，已经导致了大自然无情的报复，飓风、暴雨、洪涝、干旱、虫害、酷暑、森林大火、地震等灾情不期而至。我国生态问题堪忧，世界各国也面临着巨大的环境资源危机。近30年，在土地方面，全世界每年有2000万公顷森林遭盲目砍伐，地球的森林覆盖面积减少了12%，有一半的陆地和10亿以上人口受到沙漠化的影响。在大气方面，不仅全球二氧化碳排放量翻一番，而且全球的“温室效应”日益严重。在水资源方面，目前世界上有40%的人严重缺水，如果这一趋势得不到遏制，全球近半的人将面临水荒。在生物多样性方面，自然环境的恶化也严重威胁着地球上的野生物种。如今，全球12%的鸟类和四分之一的哺乳动物濒临灭绝，而过度捕捞也导致了三分之一的鱼类资源枯竭。我们怎么能够等到头上见不到日月星辰，满目酸雨纷纷，脚下洪浪滔天，汪洋恣肆，人间无处不飞沙，“千山鸟飞绝，万径人踪灭”，“地球流浪”时，才悔恨不该当初！

惨痛的教训，已引起世界各国首脑和全人类的高度关注。我们党和政府更为重视，已擘画了生态中国、美丽中国的壮美蓝图，把环境保护作为一个硬仗来打，对自然资源强加保护。“绿水青山就是金山银山”“山水林田湖草是生命共同体”等生态文明思想深入人心，河南省自然资源厅提出的“一张蓝图保发展　一体共治建生态”的总体思路已成为全省人民的自觉行动。

今天，我们在这里举办“世界地球日”主题宣传活动，旨在传递正能量、宣传新理念、倡导新生活，提高公众对自然资源、生态环境、国策国情的认识，科学普及地球科学技术知识，倡导全社会积极参与节约（集约）利用资源，倡导绿色简约生活，激发广大青少年亲近自然、了解自然、保护自然。作为一名公民，要从我做起，从现在做起，从点滴做起，善待地球、敬畏自然、珍爱地球、守护资源，实现人与自然和谐发展。

同学们、朋友们，让我们共同携手，珍爱美丽地球，守护自然资源，让中原大地空气更清新、山川更翠绿、物产更充足、资源更丰富、人民更幸福，让美丽的地球成为我们人类共有的美好家园！

谢谢大家！

（作者为河南省自然资源厅副厅长）

# 矿山修复重塑美丽河南

张永强

春到凤凰山，鲜花盛开，鸟语花香。

凤凰山，位于太行山由东北向西南的转折分割点上，拥有优质水泥加工原料——石灰岩的天然禀赋。曾几何时，采石业成为当地经济发展的主业，最盛时，100多家采石场2万多人在这里工作，炮声隆隆、机器轰鸣、粉尘漫天。2000年，全部采石企业关停，此时的凤凰山已是满目疮痍。

2006年以来，河南省新乡市聚全民之力，对凤凰山进行矿山地质环境综合治理，逐步启动荒山造林、生态园区建设等工程，2010年获得国家矿山公园建设资格。通过10多年的持续治理修复，不仅消除了地质灾害隐患，修复了破坏的地形地貌，还让昔日废弃的矿山变成了今天新乡市民的后花园。

无独有偶。焦作市中站区许衡街道办事处王庄村地处深山，山中富含黏土矿。经过50多年的开采，这里山体裸露，遍布深坑，造成大量山体崩塌、泥石流等地质灾害隐患。经过8年的治理，如今这里绿树成荫、花香四溢，蝶变成龙翔矿山公园，成了市民的休闲好去处。

据河南省自然资源厅厅长张兴辽介绍，多年来，河南省不断加大矿山地质环境修复治理力度。尤其是党的十八大以来，我们积极践行习近平生态文明思想，坚定不移地推进生态文明建设，既要金山银山，更要绿水青山。仅2018年就完成废弃矿山治理面积11万多亩，相当于之前三年总和。

在废弃矿山生态修复治理中，河南省按照宜耕则耕、宜林则林、宜园则园、宜水则水的原则，因地制宜，恢复生态环境，实现对土地资源的再利用。

生态环境，破坏容易修复难。面对千疮百孔的废弃矿山，河南省各地采取一矿一策，分类实施，初步建立了政府、企业、社会资本等多元融合的治理模式。

对有主矿山，本着“谁破坏、谁治理”的原则，督促矿山企业修复治理。对无主废弃矿山，或者政府兜底，或者寻求社会资本参与治理修复。

永城市煤炭资源丰富，“黑金”助推了地方经济快速发展，也对地质环境造成了严重破坏。全市受采煤造成地面塌陷影响的自然村就有 267 个。2009 年底，永城市启动东西城区采煤沉陷区治理示范工程，又称日月湖工程，面积达 24 平方千米。当地政府和自然资源主管部门创新模式，实施了以政府资金拉动社会资金的筹措渠道，先后投资 25 亿元，开展地质环境治理。十年磨一剑，如今的日月湖已经成为湖泊、绿地、生态农业用地和城市建设用地规划合理、相得益彰的风景旅游区，成为永城人引以为傲的旅游休闲之地。日月湖工程成为全国矿山地质环境和地质灾害治理示范工程，“永城样板”正在向全省推广。

永城日月湖畔

“晴天一身灰，雨天一身泥，吃饭捂着碗，睡觉盖着脸，一年吃一块预制板。”这是流传于新乡市辉县市常村镇百姓间的顺口溜。戏谑背后，是当地五龙口开山采石造成的严峻环境问题。2010 年，辉县市政府坚持绿色发展理念，积极引导和强力推进企业转型，果断将五龙山矿区内的采石企业全部关停。在政策的引导下，以前在这里开采石场的 3 个企业，投资 2.8 亿元开展矿山地质环境修复，在3700亩的废弃矿山、荒沟上修建了五龙山响水河游乐园，使满目疮痍的五龙山再次焕发生机，早已干涸的响水河重现碧波荡漾、鱼虾成群的美景。

五龙山废弃矿山建起游乐园

宝丰县曾是全国重点产煤县。经过几十年的开采，遗留了大量工矿废弃地。统计数据显示，全县可开发利用工矿废弃地 6866.55 亩。为持续改善矿山地质生态环境，盘活利用历史遗留工矿废弃地，宝丰县按照统一规划、分类治理、先易后难、分步实施的原则，以财政资金为杠杆，采取购买服务方式，进行多元化融资，利用河南省国土资源开发投资融资平台资金优势，筹集社会资金，完成张八桥镇、大营镇、周庄镇、杨庄镇等 4 个乡（镇）历史遗留工矿废弃地规划设计 5863.79 亩，截至 2019 年 2 月底，已完成验收 3285 亩，形成了“平台融资—土地整治—收益共享”的整治模式，取得了良好的生态效益、经济效益和社会效益，为其他地区开展工矿废弃地治理提供了借鉴。

如今，河南省已经形成了三种废弃矿山修复治理模式。第一种模式是在宝丰县等地，河南省国土资源开发投资管理中心与地方政府合作参与废弃矿山修复治理；第二种模式是在焦作等地，财政资金先期投入，地方政府做好整体规划，开展招商引资；第三种模式是在永城等地，政府引导民间资本参资入股，修复治理废弃矿山，转型发展旅游产业。

在 2019 年河南省自然资源工作会议上，省自然资源厅党组书记刘金山明确了矿山环境生态修复工作的主要任务。今年，河南省将按照“一张蓝图保发展　一体共治建生态”的思路，加快矿山环境整治，对近 3000 个废弃矿山进行生态修复治理，逐步使 144 平方千米废弃矿山变成绿水青山。同时，要全面推进绿色矿山建设和露天矿山、废弃矿山的综合治理，切实肩负起生态文明建设主责部门的职责，深入实施“山水林田湖草”一体化生态保护和修复，着力建设山青、水碧、林郁、田沃、湖美、草茂的美丽河南。

根据规划，河南省以自然保护区、风景名胜区、水源保护区、主要交通干线两侧和城市建成区周边为重点，对全省露天矿山进行综合整治。到2020年，重点省辖市历史遗留矿山地质环境治理恢复率要达75%以上。大中型矿山按照绿色矿山建设标准逐步建成绿色矿山，小型矿山按照绿色矿山建设规范开发利用，新建矿山必须按照绿色矿山标准建设。2019年，全省要建成50个绿色矿山，在平顶山、巩义、永城、栾川、灵宝、卢氏、桐柏等地建设绿色矿业发展示范区。

昔日煤矿塌陷地如今成了市民公园

2018年，河南省南太行地区“山水林田湖草”生态保护和修复工程已经列入国家试点，中央财政给予20亿元的试点奖补资金。2019年河南省将全力实施这一工程，探索形成具有较强示范性的“山水林田湖草”生态保护和修复模式，为太行山乃至全国树立生态系统修复的典范。

（原载于2019年4月22日《中国自然资源报》）

# 生态修复重构美丽河南

## ——第 50 个“世界地球日”到来之际，全省自然系统强化生态修复治理综述

李运海

春风十里寻花路，人间最美四月天。在这美好而又充满希望的季节里，第 50 个“世界地球日”今日到来。2019 年“世界地球日”的宣传主题是“珍爱美丽地球　守护自然资源”。

河南省自然资源厅党组书记刘金山说，2019 年“世界地球日”的主题就是要引导人们树立绿水青山就是金山银山的理念，坚定不移地推进生态文明建设。未来，河南省将按照“一张蓝图保发展　一体共治建生态”的思路，打好生态修复治理这场硬仗，切实肩负起生态文明建设主责部门的职责，深入实施“山水林田湖草”一体化生态保护和修复，着力建设山青、水碧、林郁、田沃、湖美、草茂的美丽河南。

### 矿山修复吹响“集结号”

春到凤凰山，鲜花盛开，鸟语花香。

凤凰山位于太行山由东北向西南的转折分割点上，有着拥有优质水泥加工原料——石灰岩的天然禀赋。曾几何时，采石业成为当地经济发展的主业。最多时，100 多家采石场 2 万多人在这里工作，炮声隆隆、机器轰鸣、粉尘漫天。2000 年，全部采石企业关停，此时的凤凰山已是满目疮痍。

2006 年以来，新乡市委、市政府高度重视生态建设，聚全民之力，对凤凰山进行矿山地质环境综合治理，逐步启动荒山造林、生态园区建设等工程。通过 10 多年的持续治理修复，不仅消除了地质灾害隐患、修复了破坏的地形地貌，还让昔日废弃的矿山变成了今天新乡市民的后花园。

无独有偶。焦作市中站区许衡街道办事处王庄村地处深山，山中富含黏土矿。经过 50 多年的开采，这里山体裸露，遍布深坑，产生大量山体崩塌、泥石流等地质灾害隐患。经过 8 年的治理，如今这里绿树成荫、花香四溢，蝶变成龙翔矿山公园，成了市民的休闲好去处。

河南省自然资源厅厅长张兴辽说，党的十八大以来，河南省不断加大矿

山地质环境修复治理力度，累计投入资金 26 亿元，完成矿山地质环境治理面积 9000 公顷，实现了生态效益、经济效益和社会效益的“三赢”。仅 2018 年，河南省就完成废弃矿山治理面积 11 万多亩，相当于之前三年的总和。

在废弃矿山生态修复治理中，河南省按照宜耕则耕、宜林则林、宜园则园、宜水则水的原则，因地制宜，恢复生态环境，实现对土地资源的再利用。

生态环境，破坏容易修复难。面对千疮百孔的废弃矿山，我省各地采取一矿一策，分类实施，初步建立了政府、企业、社会资本等多元化融合的治理模式。

对有主矿山，本着“谁破坏、谁治理”的原则，督促矿山企业修复治理。对无主废弃矿山，或者政府兜底，或者寻求社会资本参与治理修复。

永城市煤炭资源丰富，“黑金”助推了地方经济快速发展，也对地质环境造成了严重破坏。全市受采煤造成地面塌陷影响的自然村就有 267 个。2009 年年底，永城市启动东西城区采煤沉陷区治理示范工程，又称日月湖工程，面积达 24 平方千米。当地政府和自然资源主管部门创新模式，实施了以政府资金拉动社会资金的筹措渠道，先后投资 25 亿元，开展地质环境治理。十年磨一剑，如今的日月湖已经成为湖泊、绿地、生态农业用地和城市建设用地规划合理、相得益彰的风景旅游区，成为永城人引以为傲的旅游休闲之地。日月湖工程成为全国矿山地质环境和地质灾害治理示范工程，“永城样板”正在向全省推广。

如今，河南省已经形成了三种废弃矿山修复治理模式。第一种模式是在宝丰县等地，河南省国土资源投资开发管理中心与地方政府合作参与废弃矿山修复治理；第二种模式是在焦作等地，财政资金先期投入，地方政府做好整体规划，开展招商引资；第三种模式是在永城等地，政府引导民间资本参资入股，修复治理废弃矿山，转型发展旅游产业。

### 露天矿山要建成绿色矿山

保护生态环境，治理损毁的地质环境只是其中一步。更重要的是，从源头上减少矿山开采对生态环境的破坏，该关停的坚决关停，所有的露天矿山都要建成绿色矿山。

2010 年 8 月，《国土资源部关于贯彻落实全国矿产资源规划发展绿色矿业建设绿色矿山工作的指导意见》开启了创建国家级绿色矿山试点工作。河南省先后组织遴选、推荐了四批共 36 家国家级绿色矿山试点单位，通过持续建设，已建成25家，起到了良好的示范作用。永城市在全省率先启动绿色矿业发展示范区建设，基本形成了发展绿色矿业新模式。

2017年5月，国土资源部等六部委联合印发《关于加快建设绿色矿山的实施意见》，绿色矿山建设从设想走向实践，绿色矿山建设也从国土资源单个部门的行为上升为国家行动。一方面，河南省要求新建露天矿山要严格按照绿色矿山建设标准进行建设和运营管理，已设露天矿山2020年前要全部达到绿色矿山建设标准；另一方面，河南省在全国率先制定绿色矿山建设标准，确保矿山企业在建设中有规可依。

2018年10月，河南省正式发布煤炭、冶金、有色、黄金、盐碱、非金属、建筑石料石材等7个绿色矿山建设地方标准，这是全国第一个省级绿色矿山建设地方标准。7个标准基本涵盖了河南省正在开发利用的矿种，能够满足河南省全面推进绿色矿山建设的需要。这一标准的制定，将引领全省矿山企业积极投身绿色矿山建设，形成“企业点上开花、行业线上贯通、区域面上连片”的绿色矿业发展新局面。

根据规划，河南省以自然保护区、风景名胜区、水源保护区、主要交通干线两侧和城市建成区周边为重点，对全省露天矿山进行综合整治。到2020年，重点省辖市历史遗留矿山地质环境治理恢复率要达75%以上。大中型矿山按照绿色矿山建设标准逐步建成绿色矿山，小型矿山按照绿色矿山建设规范开发利用，新建矿山必须按照绿色矿山标准建设。2019年，全省要建成50个绿色矿山，在平顶山、巩义、永城、栾川、灵宝、卢氏、桐柏等地建设绿色矿业发展示范区。

### 打好生态修复治理硬仗

刘金山说，下一步，我们将全力打好生态修复治理这场硬仗，对废弃矿山进行生态修复治理，逐步使废弃矿山变成绿水青山。同时，要全面推进绿色矿山建设和露天矿山的综合治理。

2018年，河南省大力推进实施国土绿化提速行动建设森林河南，全省共完成国省工程营造林面积710万亩，超额完成600万亩的年度目标任务。加强小秦岭生态保护修复，《河南小秦岭国家级自然保护区条例》正式施行，启动《河南省山水林田湖草生态保护修复规划》编制工作，成功争取南太行地区“山水林田湖草”生态保护修复工程列入国家试点范围。编制了《河南省全域国土综合整治试点工作方案》，初步选取50个村作为首批试点，对田、水、路、林、村、矿进行全类型全要素综合整治，对农村人居环境进行修复治理。

刘金山说，我们将积极推进实施生态修复治理重大工程，全力保护自然、修复生态，推动乡村绿色发展、生态振兴。

一是启动沿黄生态经济带建设。积极谋划启动沿黄生态经济带建设，坚持宜耕则耕、宜林则林、宜湿则湿、宜果则果、宜草则草，着力重塑河南省黄河流域生态建设新格局。加强战略谋划，规划好、落实好“一带一道一群”的发展思路：“一带”即黄河流域中华文化带，计划建设 30 个黄河博物馆和一批中华文化驿站，生动展示传播黄河文明；“一道”即黄河生态步道，建设总长度超过 1000 千米、中原地区独具特色的生态长廊，实现产业生态化、生态产业化；“一群”即黄河湿地群，计划建设 20 个黄河湿地公园，净化黄河水质，改善黄河中下游的生态环境。

二是强力推进国土绿化提速行动。全面加强国土绿化步伐，2019 年完成营造林 736 万亩（其中造林 286 万亩，森林抚育 450 万亩），创建 1000 个森林乡村，推进山区森林化、平原林网化、城市园林化、乡村林果化、廊道林荫化、庭院花园化，努力实现“应绿尽绿”。

三是全力实施南太行地区“山水林田湖草”生态保护修复工程。尽快完成工程总体方案报批工作，督促各地及早开展修复治理，重点实施山体修复类、水生态修复类、林草生态修复类和土地质量修复类等项目，2019 年完成 60% 以上规划建设目标。

四是积极开展全域国土综合整治试点。推进实施农村土地千村整治三年行动计划，争取 2019 年开展 100 个试点村建设，2020 年、2021 年完成 900 个以上试点村建设，推动形成农田集中连片、建设用地集中集聚、空间形态高效节约的用地格局。

（原载于 2019 年 4 月 22 日《河南日报》）

# 区内修复　区外补偿

## ——河南郏县探索矿山生态修复新模式纪略

张永强　牛洪桥

4月11日，春光正好时，在河南省郏县众合建材有限公司江山矿区内，新栽植的油松、侧柏等绿意浓浓、生机勃勃。中午时分，在茨芭镇中蛇山上，一道道梯田从山脚层层盘旋而上，马尾松树苗在阳光照耀下青翠欲滴。

“去冬今春，我们采取‘区内修复　区外补偿’方式，政府、企业、社会共同参与，全县已有10个矿山企业开展恢复治理，建立了3个矿山生态修复补偿示范区，累计完成矿山治理及生态补偿区植树复绿两万多亩……”郏县自然资源局局长李政杰告诉作者。

### 部门联动、各方齐心　绿色成为亮丽底色

据了解，郏县现有矿山企业27个，其中煤矿2个，非煤露天矿山25个，生产矿山7个。近年来，随着经济建设的发展，对建筑石料、碎石、水泥的需求日益增长，在经济利益的推动下，郏县矿山开采规模急剧扩大，致使生态环境的破坏日益严重。采石场残垣断壁，满目疮痍。开采形成的高陡边坡、矿坑、残留矿体，坡面岩层破碎，存在严重的崩塌地质灾害隐患，威胁当地群众和企业的生活、生产安全。

2018年以来，郏县牢固树立“绿水青山就是金山银山”的理念，坚持“生态立县”的发展战略，大力构建“政府主导、企业主责、群众参与、专业指导”的矿山地质环境恢复和综合治理新机制，全面推进露天矿山环境治理、生态恢复工作。

郏县人民政府成立了矿山环境治理生态修复工作领导小组，明确各相关部门的职责分工，实行部门联动，严格督察问责。为加强对矿产资源开采秩序的监督管理，督促企业落实矿山环境治理责任，建立了县级领导巡山责任制，各包矿领导定期开展巡山工作，实地检查矿产资源开采、生态环境保护和生态恢复机制落实情况，督促涉矿乡镇政府、有关职能部门和矿山企业严格落实责任，依法保护资源，强化生态修复，保护好绿水青山。

结合实际情况，郏县县委、县政府按照“受损农地再利用、废弃矿山搞绿化”

的指导思想，编制了《郏县矿山地质环境恢复与综合治理规划》，明确全县矿山恢复治理工作目标和重点任务，动员各涉矿乡镇、各矿山企业开展矿山修复和生态补偿工作，对露天矿山矿区及其周边影响区开展植树复绿，恢复和改善被破坏的植被、地形地貌等，逐步构建起“山水林田湖草”生命共同体。针对“年年植树不见树，岁岁造林不见林”等问题，建立了由县自然资源、林业、环保及辖区乡镇、开采企业等单位参加的联席会议制度，定时通报各开采企业的生态修复进展情况，及时解决企业在生态修复工作中遇到的困难和问题，先后召开 9 次矿山生态修复治理工作推进会，督促各乡镇政府开展无主坑口恢复治理工作，督促各矿山企业以采区复土复绿和进入矿区道路两侧植树、悬崖峭壁挂网复绿为重点，开展恢复治理、植树复绿工作。

郏县自然资源部门按照“谁破坏、谁治理”“边开采、边治理”的原则，对矿山企业实行“三书约束”（“依法依规开采承诺书”“依法依规开采告知书”“问题整改通知书”），督促矿山企业按照采矿许可证批准的开采方式、开采矿种及批准的开发利用方案开采其矿区范围内的矿产资源，规范开采秩序。

## 区内修复、区外补偿　昔日荒山绿意盎然

4 月 11 日，在郏县茨芭镇中蛇山上，茨芭镇镇长刘世杰指着周围从山脚层层盘旋而上的一道道梯田，向笔者介绍说：“这里是平顶山富宇建材有限公司的生态补偿区，由造林大户前期开挖好梯田，富宇公司提供树苗并进行后期管护，确保种植常绿树种达 80% 以上，成活率在 70% 以上。这都得益于县委、县政府实施的‘区内修复、区外补偿’政策，要不然，我们是没有实力完成这样大的工程的。”

2018 年以来，结合各矿山企业修复治理的实际情况，按照“一矿一策”原则，郏县自然资源局组织指导全县矿山企业编制完成了《矿山地质环境保护与土地复垦方案》，严格按照矿山企业修复治理方案要求，有针对性地对矿山企业下达阶段性的修复治理任务，明确完成时限及修复治理标准，在 2018 年底召开的全县矿山生态恢复治理推进会上，决定在全县实施“区内修复　区外补偿”机制。

“区内修复”主要是矿山企业在采区内进行复土复绿，同时对矿区道路两侧植树绿化、悬崖峭壁挂网复绿。规定各矿山开采面资源没有采尽、没有完成生态修复的，一律不得再开新坑口、新采面；对于一些无主废弃坑口，则由各乡镇政府开展恢复治理工作。特别要求全县所有持证生产矿山在不破

坏原有地形地貌、自然生态环境的基础上，采取宜林则林、宜草则草，以乔、灌结合的方式开展矿山综合治理。中联天广水泥有限公司在废弃开采区，购土填坑、引水上山，在厚厚的红土上植满绿意融融的洒金柏，为矿山迎来了“绿色卫士”。

“区外补偿”主要是按照“谁破坏、谁治理”“边开采、边治理”的原则，要求全县所有持证生产矿山在完成矿区内恢复治理任务的同时，充分利用冬春有利时机，把矿区边沿周围500米左右范围纳入义务植树区，由矿山企业负责，全部植树造林；持证未生产矿山，在开始生产前，必须完成矿区边沿周围500米左右范围内的植树造林工作，否则不准开工生产。对于一些交叉重复地区或者周边不到500米的范围，由政府部门协调，在其他适宜植树造林的地方，另外选择生态补偿区，以完成生态补偿任务。同时，要求所有种植树木常绿树种必须达80%以上，成活率必须达70%以上。茨芭镇在浅山丘陵区开挖造林梯田，作为当地矿山企业的生态补偿区，实施植树造林、生态修复。目前已栽植五角枫、油松、大叶女贞、侧柏等耐旱树木15万余株。

目前，郏县先后在黄道镇、李口镇、安良镇等地建立3个矿山修复生态补偿示范区，各矿山企业共计投入绿化资金1.2亿元，完成矿山治理及生态补偿区植树复绿20366.6亩，东蛇山、中蛇山、西蛇山、莲花山、蛤蟆山、石厥山、二龙山、紫云山、仙女寨、梁家沟以及鲁医河两岸已累计植树200多万株。巡游郏县，你会发现，昔日的荒山秃岭，今朝已经“草木蔓发，春山可望”。

边开采边绿化

**绿美郏县、多方受益 实现综合效益最大化**

郏县用一个个跳动着高质量发展音符的数据，交出了一份喜人的“成绩单”，诠释着生态文明思想的丰富内涵。

郏县自然资源局局长李政杰介绍：“‘区内修复 区外补偿’的模式，使企业成为造林绿化主体，既减轻了政府财政压力，也增加了矿区的绿化面积，为当地群众带来了绿色收益，实现了政府、企业、群众三方受益的效果，取得了良好的社会效益、生态效益、经济效益。”

社会效益增加了。去冬今春，全县累计完成造林 5.6 万亩，而通过矿山生态修复，就完成造林近 2 万亩，绿满郏县，绿美郏县，更近一步。

郏县矿山复绿

生态环境变好了。昔日矿渣遍布、灰土飞扬的现象得到改善，曾经的荒山披上了浓浓的“绿衣”。

经济效益提高了。村民通过参与植树、浇水等，平均每人每天有近百元收入；耕地林地面积增加，种植核桃、桃树等林果，也能够增加当地居民收入。

日前，河南省自然资源厅厅长张兴辽到郏县调研矿山地质环境恢复治理工作，对郏县在全省率先进行“区内修复、区外补偿”的做法及创新理念给予了高度肯定。

（原载于 2019 年 4 月 22 日《中国自然资源报》）

# 绿水青山还复来

刘立新　刘鹏飞

“三月轻风麦浪生，黄河岸上晚波平。村原处处垂杨柳，一路青青到永城。”几百年前，明代诗人李先芳以寥寥数语生动地描绘了河南省永城市的自然面貌。

立夏时节，漫步在永城市日月湖畔，只见远山碧水，芳草青青，鸟语花香……很难想象，七八年前这里还是一片采煤沉陷区，道路断裂，村庄淹没，农田荒芜，生态环境遭到严重破坏，给当地群众的生产、生活带来了极大不便。如今，日月湖已成为永城生态修复最亮眼的“名片”。

近年来，因煤而兴的永城市深入践行“绿水青山就是金山银山”的理念，在河南省自然资源厅的指导下，坚持高起点规划、多元化投入、全方位修复，高质量实施以日月湖为核心的采煤沉陷区和以芒砀山为核心的废弃矿山生态修复工程，努力将“废水荒山”变为“绿水青山”，积极打造“山水林田湖草”共治的“永城样板”，实现了生态、经济、社会效益多赢，走出了一条生态优先、绿色发展的新路子。

目前，永城市先后投入各项治理资金 113.1 亿元，恢复治理采煤沉陷区 6.53 万亩，有效保护耕地 1.4 万余亩，新增建设用地 5600 亩。同时，积极引入社会资金 1.9 亿元，对芒砀山 3 个废弃矿坑实施生态修复，恢复治理面积 1500 多亩。

## 高起点规划　打造生态修复示范区

永城市地处豫东平原，是我国六大无烟煤基地之一，地下含煤面积 1300 平方千米，约占全市国土面积的 70%，其中已查明煤炭储量 51 亿吨。丰厚的煤炭资源给永城带来经济利益的同时，也带来了挥之不尽的伤痛：全市因采煤引起的沉陷区达 9 万余亩，道路、村庄、农田遭到不同程度的破坏，涉及 15 个乡镇 267 个自然村的 9.6 万人。

“日月湖所在的区域，是我市面积最大、塌陷最严重的沉陷区，土地沉陷 3 万多亩，沉陷深度平均 2.1 米，常年积水面积 5000 余亩，形成了大面积的沼泽、坑洼地。”永城市自然资源和规划局副局长李杰告诉记者。

除了采煤沉陷区，废弃矿山也是永城的“生态之痛”。位于该市北部的芒砀山，从 20 世纪 80 年代起便开始过度开山挖石，导致山体支离破碎、满目疮痍。资源枯竭后，区域内形成大量废矿坑、危崖、陡坡，严重影响了周边居民的身体健康和生活环境。

2009 年，为偿还生态“欠账”，抚平生态“伤疤”，永城市将生态修复工作提上重要议事日程，集聚人力、物力和财力，借鉴国内外生态环境修复治理经验，按照“大自然、大环境、大气候、大气魄”的总体思路，因地制宜，科学运作，全力对采煤沉陷区和废弃矿山进行生态修复。

与此同时，永城市先后出台《矿山地质环境生态治理工作规划》《东西城区间沉陷区综合治理实施方案》《加快建设沱北湿地公园实施方案》《矿山地质环境生态治理资金管理办法》等文件，以确保生态修复治理工作顺利实施。

从此，一盘统筹“山水林田湖草”共治的生态修复大棋悄然走起。在采煤塌陷地治理方面，永城先后开展日月湖、还金湖、沱河湿地公园等治理项目，整治采煤沉陷地 5 万多亩；在废弃矿山治理方面，采用生态绿化、岩壁造景、历史遗存保护等方式，对芒砀山保安山、僖山、夫子山等废弃矿山进行生态修复，使曾经满目疮痍的废矿坑变成游人如织的游乐园。

现如今，北有芒砀山，南有日月湖。一个是国家 5A 级旅游景区、省级地质公园，一个是国家水利风景区、省级湿地公园、矿山公园。

作为生态修复的“主力军”，自然资源部门责任重大。“将严格按照‘一张蓝图保发展　一体共治建生态’的整体思路，加大生态修复力度，还百姓绿水青山。”永城市自然资源和规划局局长蒋清伟表示。

### 多元化投入　破解生态修复资金难

生态修复工作任重道远，资金投入也是巨大的。近年来，永城市创新理念，积极探索利用“PPP 模式”（Public-Private Partnership，公共私营合作制），坚持“政府撬动、企业履责、社会参与、合作共赢”的理念，多渠道筹集资金，多元化生态修复治理。

芒砀山保安山是芒砀山汉墓群的核心位置，其南北侧因开山采石形成大面积的采石坑塘和陡崖峭壁，具有较大的地灾隐患，且对汉墓安全不利。永城市政府投资近亿元，利用短短 2 年的时间，结合芒砀山景区建设，将保安山采石坑塘和原水泥厂、陶瓷厂等工业遗址建成了芒砀山省级地质公园。

此外，为减轻财政压力，永城市将生态修复工作与开发景观资源、旅游资源相结合，规划实施了芒砀山地质公园僖山景区和夫子山景区项目。僖山景区项目是永城市第一次成功运用“PPP 模式”运作的项目，其中，永城市保源旅游开发有限公司投资达 5600 余万元。夫子山景区通过引入社会投资，将原有的采石坑治理成目前单日客流量过万的 5A 级旅游景区。

目前，永城市已累计投资 9.5 亿元。其中，中央财政资金 3.86 亿元，其余为地方政府配套资金和企业投入资金。随着工程的推进，其生态和社会效益初步显现，已吸引企业、社会近 50 亿元资金投入。2017 年，永城还依托省财政项目 2186.5 万元的政府投入，在西城区北部城市规划区内，实施了集观赏、休闲、娱乐、健身于一体的综合性湿地公园——沱河北湿地公园项目。

## 全方位修复 统筹“山水林田湖草”共治

近年来，永城市坚持“‘山水林田湖草’是一个生命共同体”的理念，通过治矿、建湖、增绿、护田等手段，积极构建工作运行模式和管理机制，全方位、多角度地推进生态保护修复工作。

在治矿方面，按照“谁开发谁保护、谁破坏谁治理、谁投资谁受益”的原则，编制完成矿山地质环境恢复与综合治理规划，因矿施策落实矿山地质环境恢复治理任务，同时建立矿山地质环境恢复治理基金制度，既还了“旧账”，又不欠“新账”。按照河南省绿色矿业发展示范区建设的要求，永城市全域推进绿色矿山建设。“永城将用 2~3 年时间，科学复绿 15 处废弃矿山。今年计划对磨山、马山、夫子山等 8 处废弃矿山进行生态修复。”李杰表示。

在建湖方面，永城市创造性地提出了“挖深垫浅、挖湖堆山”的治理思路，集“采煤沉陷区治理、生态环境修复、湿地景观开发”于一体，构筑起“生态治理、生态修复、生态保护”三道防线，使其变成生态湿地、生态公园，初步构建“两湖四带一湿地二十八公园”的生态布局。

同时，永城市大力推进国土绿化提速行动，坚持造林、造绿、造景相结合，对采煤沉陷区和废弃矿山因地制宜制订绿化方案，完成山区绿化 2000 亩，补齐空地，形成了万亩桃林、万亩杏林多色彩、多层次生态景观。

此外，永城市将矿山地质环境恢复治理工作与土地复垦、拆旧复耕、占补平衡、增减挂钩等土地政策相结合，将采煤塌陷区内的村庄进行整体拆迁治理、集中安置，不仅消除了安全隐患，改善了生态环境，还增加了耕地面积。例如，城厢乡所处的区域曾是两个煤矿的主采区，因过度开采，全乡 17 个村庄出现耕地沉陷，2万余村民的生产、生活面临困境。2014年起，永城对这一区域进行大规模土地整治和老村庄拆旧复垦，新增耕地3600余亩。

河南省地质调查院首席专家张忠慧表示，运用生态的方法、系统的思维，按照宜山则山、宜水则水、宜林则林、宜景则景的原则进行自然恢复、生态修复，才能让“废水荒山”变成“绿水青山”。

**“生态＋旅游”效益凸显　奏响“黑白绿”经济和谐曲**

“乌金矿采财源茂，白面畅销内外名。”这是永城市所谓的“黑白”经济，黑的是煤，白的是面粉。如今，永城市在“黑白”经济之外又添一“绿”。

沉陷区变身生态湖。艺术公园、滨水步道、叠水瀑布、栖凤山植物园……目前，日月湖北部人文景观和中部艺术景观已基本建成，基础设施正逐步完善，10余个景点已对外开放。“日月湖现在大变样，大家每天晚上都来这里锻炼身体，这就是我们向往的生活！”不少市民逐渐尝到生态变化带来的甜头。

作为汉文化发祥地，永城市文化底蕴丰厚，发展旅游业有着得天独厚的优势。芒砀山景区在不足14平方千米的范围内，分布着汉梁古文化景观29处。景区内的保安山、僖山、夫子山通过生态修复，开发蹦极、玻璃栈道、滑草场等项目，“生态＋旅游”效益日益凸显。2018年，芒砀山景区共接待游客321万人次，同比增长27.8%，实现旅游综合收入5.89亿元，同比增长30.9%。景区附近十几个村子的百姓有的直接在景区内打工，有的则办起民宿，发展乡村民俗，收入明显提高。

湖水碧波荡漾，山坡绿树成荫，一个经济繁荣、和谐宜居、生态良好、富有活力、特色鲜明的现代化矿业城市正缓缓走来。

（原载于2019年5月20日《中国自然资源报》）

# 河南有数 矿山生态环境修复

张　静

"我们既要绿水青山，也要金山银山。宁要绿水青山，不要金山银山，而且绿水青山就是金山银山。"

——十八大以来，习近平总书记多次对生态文明建设作出重要指示，在不同场合反复强调，"绿水青山就是金山银山"。

矿区生态环境综合治理　河南成绩

目前，共实施矿山环境恢复治理

项目**389**个

资金投入:**33.46**亿元

2018年完成治理面积约**11**万亩

2019年将建成**50**个绿色矿山，对近

**3000**个废弃矿山生态修复治理

各地因地施策　形成宝贵经验

封山育林　发展旅游业

■许昌市·襄城县

首山治理工程（一期）

2016年2月20日开始实施，2017年5月21日完工

- 绿化面积：**3000**亩
- 修建道路总长:**8.05**千米
- 修建蓄水池:**14**个
- 总投入资金:**4000**万元

■平顶山市·郏县

## 获得绿色效益 区外补偿

### 郏县茨芭镇中蛇山矿区修复治理

2018年12月至今

完成植树面积：3000亩

开通环山的道路：10公里

种植树木：28万株

已投入资金：800万元

### 郏县茨芭镇西蛇山矿区修复治理

2018年12月至今

完成植树面积：6000亩

开通环山的道路：18公里

种植树木：70万株

已投入资金：1500万元

### 首山治理工程（二期）

截止到2019年4月20日

- 绿化面积：已种植400亩
- 修建道路总长:3.5千米
- 修建蓄水池:计划修建3个
- 总投入资金:2186.73万元

■平顶山·宝丰县

## 还耕于民 复垦整治

### 张八桥镇工矿废弃地

张八桥镇等4个镇5个综合整治项目

- 总投资：2.11亿元
- 总规模：7000余亩
- 实施后新增耕地：5800余亩
- 已完成验收：3285亩

■平顶山·宝丰县

## 改善人居和生态环境 综合治理

### 大营老龙窝采煤沉陷区综合整治项目

建成了青城社区

- 投资金额：1.73亿元
- 建设单元房：30幢668套

  入住721户，入住人口2835人

  改造梯田370亩，种植经济林290亩

### 永顺露天矿山综合整治项目

- 2018年以来
- 已投资：1558万元
- 恢复治理土地面积：726.85亩

  （耕地：180亩，林地：546.85亩）
- 种植苗木：4.8万株

■洛阳市·洛宁县

## 推进矿山复绿 制订实施方案

- 矿山环境恢复治理基金:累计达2.5亿元
- 绿化治理矿区面积:32平方千米
- 栽植树木:760万株
- 撒播草籽:300余公斤

## 洛阳市·新安县

## 实行“一坑一策”实现矿山复绿

- 共治理遗留矿坑:56处
- 恢复土地面积:约5300余亩
- 栽植各类经济林:9万余株
- 中铝北岭矿区

  一期复垦土地2000亩

  二期植被恢复和绿化

  共栽植经济林1600亩

  生态林400亩
- 北冶马行沟采区

  恢复土地面积1300亩

  栽植经济林1300亩

## 三门峡市

## 把矿山绿化纳入国土绿化行动

- 截至2018年底

  实施矿山地质环境恢复治理项目:32个

  矿山累计恢复治理面积:32732.48亩

  黄河南岸铝土矿完成治理面积:15460.82亩
- 2019年

  矿区绿化面积达5306.95亩

（原载于2019年4月25日中国网）

# “世界地球日”活动好戏连台

# 第 50 个“世界地球日”活动好戏连台

2019-04-20　河南省自然资源厅微信公众号

（张永强）写下一段想对地球说的话，听一场高营养的科普讲座，交换一件闲置的学习用品，跟着地质专家学会看地图……4 月 20 日，由河南省自然资源厅主办，河南省地质博物馆承办的第 50 个“世界地球日”主题宣传周正式启幕。当日，有近 5000 名观众走进河南省地质博物馆，参加了丰富多彩的互动活动，加深了“绿水青山就是金山银山”“人与自然和谐共生”的理念，激发了青少年形成亲近自然、了解自然、保护自然的生态意识。

2019 年 4 月 22 日是第 50 个“世界地球日”，今年的地球日主题为“珍爱美丽地球　守护自然资源”。为扩大宣传面，强化宣传效果，河南省自然资源厅决定从 4 月 20 日开始启动第 50 个“世界地球日”主题宣传周活动。

当天上午 9 时 30 分，河南省“世界地球日”主题宣传活动正式启动。在启动仪式上，河南省自然资源厅副厅长杜清华表示，保护地球、呵护家园，是地球人应尽的义务和不可推卸的责任。我们党和政府擘画了生态中国、美丽中国的壮美蓝图，把环境保护作为一个硬仗来打，对自然资源强加保护。“绿水青山就是金山银山”“山水林田湖草是生命共同体”等生态文明思想深入人心。我们举办“世界地球日”主题宣传活动，旨在传递正能量、宣传新理念、倡导新生活，提高公众对自然资源、生态环境、国策国情的认识，科学普及地球科学技术知识，倡导全社会积极参与节约集约利用资源，倡导绿色简约生活，激发广大青少年亲近自然、了解自然、保护自然的生态意识。作为一名公民，要从自身做起，从现在做起，从点滴做起，善待地球、敬畏自然、珍爱地球、守护资源，实现人与自然和谐发展。

启动仪式后，参加活动的大小朋友在主题墙上留言，写下自己对地球的心里话。

上午 10 时，河南省地质博物馆一楼 4D 影院内，座无虚席，一场内容丰富的“恐龙飞向蓝天”科普讲座正式开讲。中国科学院北京古脊椎与古人类研究所研究员、中国著名古生物学家和科普达人徐星，向观众讲述了“恐龙飞向蓝天”的精彩故事。

10 时 30 分，以“低碳理旧物　环保爱地球”为主题的青少年跳蚤市场开市。

此活动由河南省地质博物馆联合新华小记者郑州组委会共同开展。河南省地质博物馆馆长徐莉介绍，此次活动主要是培养青少年的经济价值观，从身边的小事做起，不浪费自己的物品，自觉养成节约资源、爱护环境的意识和良好的行为习惯，培养具有良好综合素质的社会主义接班人。在现场，50个小朋友各自拿来自己闲置的学习用品、看过的图书、用过的玩具及多余的小摆设，自己制作的手工艺品、书画作品等，或售卖或者交换，像模像样的。

"这是山川，这是河流……"在河南省地质博物馆展厅门前，一张地图吸引了观众，尤其是小朋友们的注意。河南省地质博物馆的地质专家，正带小朋友认地图，以此培养青少年的环境保护意识。同时，河南省地质博物馆还向大家发放了《河南省地质博物馆馆藏环境治理资料目录》《河南省地质博物馆馆藏地质灾害资料目录》《河南省地质博物馆馆藏规划类资料目录》等地质资料宣传册。

11时，由河南省委网信办与省自然资源厅共同承办的"生态文明媒体行"网络主题宣传活动，拉开了帷幕。此次活动作为河南省2019年网上重大主题宣传活动的一部分，旨在深入贯彻落实习近平新时代中国特色社会主义思想，全面推进贯彻新发展理念网上宣传，聚焦河南省矿山生态环境整治工作，通过各大新闻网站集中采访，宣传各地矿山生态环境建设取得的成绩和经验做法，讲好美丽河南故事，让良好生态环境成为提升人民群众获得感、幸福感、安全感的新增长点。

在媒体见面会上，河南省自然资源厅副厅长余纪云介绍了近年来河南省地质生态环境取得的成果及下一步思路。

从20日到24日，由人民网、新华网、央视网、中国网、光明网、央广网、大河网、映象网、河南日报客户端等27家网络媒体记者、编辑组成的采访团，赶赴许昌、平顶山、洛阳、三门峡等地，实地采访各地矿山地质环境生态修复取得的经验和做法。

大河网记者何心悦代表媒体团表示，要珍惜这次难得的机会，深入基层实地采访，用好手中的笔和镜头，聚焦美丽河南建设，创新报道形式，用最好的精神状态，记录下这片大地上的春华秋实，展现河南省各地矿山生态环境建设取得的显著成效和生动实践，全方位、多层次、全媒体地营造浓厚的宣传氛围，网聚更加美好、更加出彩的中原。

# 第 50 个“世界地球日”：今天我是小当家

2019-04-20 21:24:00 中华网河南

4月20日，由河南省自然资源厅主办、河南省地质博物馆承办的第50个“世界地球日”主题宣传周启幕。近5000名观众走进河南省地质博物馆，参加了丰富多彩的互动活动，加深了“绿水青山就是金山银山”“人与自然和谐共生”的理念，激发了青少年形成亲近自然、了解自然、保护自然的生态意识。

2019年的“世界地球日”是第50个“世界地球日”，主题为“珍爱美丽地球 守护自然资源”。为扩大宣传面，强化宣传效果，河南省自然资源厅决定从4月20日开始启动第50个“世界地球日”主题宣传周活动。

启动仪式上，河南省自然资源厅副厅长杜清华表示，保护地球、呵护家园，是地球人应尽的义务和不可推卸的责任。党和政府擘画了生态中国、美丽中国的壮美蓝图，把环境保护作为一个硬仗来打，对自然资源强加保护。“绿水青山就是金山银山”“山水林田湖草是生命共同体”等生态文明思想深入人心。举办此次活动，旨在传递正能量、宣传新理念、倡导新生活，提高公众对自然资源、生态环境、国策国情的认识，科学普及地球科学技术知识，倡导全社会积极参与节约集约利用资源。作为一名公民，我们要从自身做起，从现在做起，从点滴做起，善待地球、敬畏自然、珍爱地球、守护资源，实现人与自然和谐发展。

上午10时，河南省地质博物馆一楼4D影院内，座无虚席，一场内容丰富的“恐龙飞向蓝天”科普讲座正式开讲。中国科学院北京古脊椎与古人类研究所研究员、中国著名古生物学家和科普达人徐星，向观众讲述了“恐龙飞向蓝天”的精彩故事。

10时30分，以“低碳理旧物 环保爱地球”为主题的青少年跳蚤市场开市。

据河南省地质博物馆馆长徐莉介绍，此次活动旨在培养青少年的经济价值观，从身边的小事做起，不浪费自己的物品，自觉养成节约资源、爱护环境的意识和良好的行为习惯，培养具有良好综合素质的社会主义接班人。在现场，50个小朋友各自拿来自己闲置的学习用品、看过的图书、用过的玩具及多余的小摆设，以及自己制作的手工艺品、书画作品等，或售卖或交换，像模像样。

# 河南开展第 50 个“世界地球日”系列主题活动

2019-04-20 22:59:00 央广网河南分网

央广网河南分网 4 月 20 日消息（陈文杰 文 / 图） “绿水青山就是金山银山”“山水林田湖草是生命共同体”等生态文明思想已深入人心。4 月 20 日，“珍爱美丽地球 守护自然资源”第 50 个“世界地球日”启动仪式在河南省地质博物馆启动。同时，由河南省委网信办与河南省自然资源厅共同承办的“生态文明媒体行”活动也正式启动。

河南省自然资源厅副厅长杜清华致辞

“保护地球、呵护家园，是地球人应尽的义务和不可推卸的责任。”河南省自然资源厅副厅长杜清华表示，举办世界地球日主题宣传活动，旨在传递正能量、宣传新理念、倡导新生活，提高公众对自然资源、生态环境、国策国情的认识，科学普及地球科学技术知识，倡导全社会积极参与节约集约利用资源，倡导绿色简约生活，激发广大青少年亲近自然、了解自然、保护自然。

在河南省地质博物馆 4D 影院内，一场内容丰富的“恐龙飞向蓝天”科普讲座正式开讲。中国科学院北京古脊椎与古人类研究所研究员、中国著名古生物学家和科普达人徐星，向观众讲述了“恐龙飞向蓝天”的精彩故事。

“世界地球日”主题活动启动仪式现场

为培养青少年的经济价值观，从身边的小事做起，不浪费自己的物品，自觉养成节约资源、爱护环境的意识和良好的行为

“开张啦”小朋友在跳蚤市场交易

习惯，一场以“低碳理旧物　环保爱地球”为主题的青少年跳蚤市场也同步开市。

50 余名小朋友各自拿来自己闲置的学习用品、看过的图书、用过的玩具及多余的小摆设，以及自己制作的手工艺品、书画作品等，或售卖或交换，忙得不亦乐乎。

# 做自然资源守护者！第 50 个“世界地球日”主题宣传活动在郑州举行

2019-04-21　10:19:00　大河网

大河网讯（何心悦）　还记得今年春节档爆红的电影《流浪地球》么？如今，地球母亲的节日马上就要到了。4 月 20 日上午，“珍爱美丽地球 守护自然资源”第 50 个“世界地球日”主题宣传活动在河南省地质博物馆举行，来自河南省自然资源厅、河南省地质博物馆的工作人员、志愿者及学生、家长参与活动。

2019 年的 4 月 22 日是第 50 个“世界地球日”。近年来，洪涝、干旱、森林大火、地震等自然灾害频发，土壤沙化、温室效应、水资源匮乏等问题不断加剧，全世界正面临着巨大的环境资源危机，生态保护刻不容缓。

在活动启动仪式上，河南省自然资源厅副厅长杜清华表示，此次的世界地球日主题宣传活动，目的就在于提高公众对自然资源、生态环境、国策国情的认识，科学普及地球科学技术知识，倡导全社会积极参与节约集约利用

资源，倡导绿色简约生活，善待地球、敬畏自然、珍爱地球、守护资源，实现人与自然和谐发展。

活动仪式结束后，大家纷纷拿起马克笔，把想对地球说的话和对保护环境的想法或自己的名字写在活动主题墙上。据悉，此次活动由河南省自然资源厅主办、河南省地质博物馆承办。

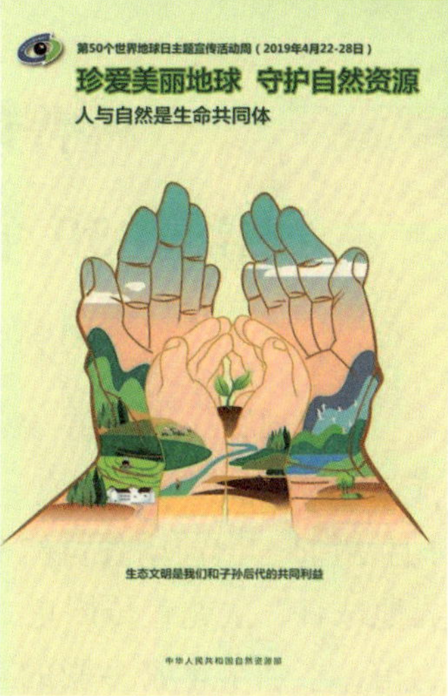


上午 10 时，河南省地质博物馆一楼 4D 影院内座无虚席，一场内容丰富的“恐龙飞向蓝天”科普讲座正式开讲。中国科学院北京古脊椎与古人类研究所研究员、中国著名古生物学家和科普达人徐星，向观众讲述了“恐龙飞向蓝天”的精彩故事。

10时30分，以“低碳理旧物　环保爱地球”为主题的青少年跳蚤市场开市。此活动由河南省地质博物馆联合新华小记者郑州组委会共同开展。河南省地质博物馆馆长徐莉介绍，此活动主要为培养青少年的经济价值观，从身边的小事做起，不浪费自己的物品，自觉养成节约资源、爱护环境的意识和良好的行为习惯，培养具有良好综合素质的社会主义接班人。在现场，50 个小朋友各自拿来自己闲置的学习用品、看过的图书、不再玩的玩具、多余的小摆设，以及自己制作的手工艺品、书画作品等，或售卖或交换，像模像样地做起了生意。

“这是山川，这是河流……”在地质博物馆展厅门前，一张地图吸引了观众，尤其是小朋友们的注意，河南省地质博物馆的地质专家正在带小朋友认地图，以此培养青少年的环境保护意识。同时，河南省地质博物馆还向大家发放了《河南省地质博物馆馆藏环境治理资料目录》《河南省地质博物馆馆藏地质灾害资料目录》《河南省地质博物馆馆藏规划类资料目录》等地质资料宣传册。

**相关链接：世界地球日**

每年的 4 月 22 日是一个专为世界环境保护而设立的节日——“世界地球日”，由盖洛德·尼尔森和丹尼斯·海斯于 1970 年发起。如今，“世界地球日”的活动已发展至全球 192 个国家，每年有超过 10 亿人参与其中，成为世界上最大的民间环保节日。

# 科普讲座、跳蚤市场……河南第50个“世界地球日”精彩不断

2019-04-21　09:19:00　映象网

映象网讯（燕子丹　文/图）　写下一段想对地球说的话，听一场“高营养”的科普讲座，交换一件闲置的学习用品，跟着地质专家学会看地图……4月20日，由河南省自然资源厅主办，河南省地质博物馆承办的第50个“世界地球日”主题宣传周正式启幕。当日，有近5000名观众走进河南省地质博物馆，参加了丰富多彩的互动活动，加深了“绿水青山就是金山银山”“人与自然和谐共生”的理念，激发了青少年形成亲近自然、了解自然、保护自然的生态意识。

2019年4月22日是第50个“世界地球日”，今年的地球日主题为“珍爱美丽地球　守护自然资源”。为扩大宣传面，强化宣传效果，河南省自然资源厅决定从4月20日开始启动第50个“世界地球日”主题宣传周活动。

当天上午9时30分，河南省“世界地球日”主题宣传活动正式启动。在启动仪式上，河南省自然资源厅副厅长杜清华表示，保护地球、呵护家园，是地球人应尽的义务和不可推卸的责任。我们党和政府擘画了生态中国、美丽中国的壮美蓝图，把环境保护作为一个硬仗来打，对自然资源强加保护。“绿

水青山就是金山银山”“山水林田湖草是生命共同体”等生态文明思想深入人心。我们举办“世界地球日”主题宣传活动，旨在传递正能量、宣传新理念、倡导新生活，提高公众对自然资源、生态环境、国策国情的认识，科学普及地球科学技术知识，倡导全社会积极参与节约集约利用资源，倡导绿色简约生活，激发广大青少年亲近自然、了解自然、保护自然。作为一名公民，要从自身做起，从现在做起，从点滴做起，善待地球、敬畏自然、珍爱地球、守护资源，实现人与自然和谐发展。

启动仪式后，参加活动的大小朋友在主题墙上留言，写下自己对地球的心里话。

上午 10 时，河南省地质博物馆一楼 4D 影院内，座无虚席，一场内容丰富的“恐龙飞向蓝天”科普讲座正式开讲。中国科学院北京古脊椎与古人类研究所研究员、中国著名古生物学家和科普达人徐星，向观众讲述了“恐龙飞向蓝天”的精彩故事。

10时30分，以“低碳理旧物　环保爱地球”为主题的青少年跳蚤市场开市。此活动由河南省地质博物馆联合新华小记者郑州组委会共同开展。河南省地质博物馆馆长徐莉介绍，此次活动主要为培养青少年的经济价值观，从身边的小事做起，不浪费自己的物品，自觉养成节约资源、爱护环境的意识和良好的行为习惯，培养具有良好综合素质的社会主义接班人。在现场，50 个小朋友各自拿来自己闲置的学习用品、看过的图书、用过的玩具及多余的小摆设，自己制作的手工艺品、书画作品等，或售卖或者交换，像模像样的。

“这是山川，这是河流……”在河南省地质博物馆展厅门前，一张地图吸引了观众，尤其是小朋友们的注意。河南省地质博物馆的地质专家，正在带小朋友认地图，以此培养青少年的环境保护意识。同时，河南省地质博物馆还向大家发放了《河南省地质博物馆馆藏环境治理资料目录》《河南省地质博物馆馆藏地质灾害资料目录》《河南省地质博物馆馆藏规划类资料目录》等地质资料宣传册。

# 第 50 个“世界地球日”来河南地质博物馆“给你好看”

2019-04-21　11:06:14　中原网

中原网讯（张思沛）　写下一段想对地球说的话，听一场高营养的科普讲座，交换一件闲置的学习用品，跟着地质专家学会看地图……4 月 20 日，由河南省自然资源厅主办，河南省地质博物馆承办的第 50 个“世界地球日”主题宣传周正式启幕。当日，有近 5000 名观众走进河南省地质博物馆，参加了丰富多彩的互动活动，加深了“绿水青山就是金山银山”“人与自然和谐共生”的理念，激发了青少年形成亲近自然、了解自然、保护自然的生态意识。

2019 年 4 月 22 日是第 50 个“世界地球日”，今年的地球日主题为“珍爱美丽地球　守护自然资源”。为扩大宣传面，强化宣传效果，河南省自然资源厅决定从 4 月 20 日开始启动第 50 个“世界地球日”主题宣传周活动。

当天上午 9 时 30 分，河南省“世界地球日”主题宣传周活动正式启动。在启动仪式上，河南省自然资源厅副厅长杜清华表示，保护地球、呵护家园，是地球人应尽的义务和不可推卸的责任。我们党和政府擘画了生态中国、美丽中国的壮美蓝图，把环境保护作为一个硬仗来打，对自然资源强加保护。“绿水青山就是金山银山”“山水林田湖草是生命共同体”等生态文明思想深入人心。我们举办“世界地球日”主题宣传活动，旨在传递正能量、宣传新理念、倡导新生活，提高公众对自然资源、生态环境、国策国情的认识，科学普及地球科学技术知识，倡导全社会积极参与节约集约利用资源，倡导绿色简约生活，激发广大青少年亲近自然、了解自然、保护自然。作为一名公民，要从自身做起，从现在做起，从点滴做起，善待地球、敬畏自然、珍爱地球、守护资源，实现人与自然和谐发展。

启动仪式后，参加活动的大小朋友在主题墙上留言，写下自己对地球的心里话。

上午 10 时，河南省地质博物馆一楼 4D 影院内，座无虚席，一场内容丰富的“恐龙飞向蓝天”科普讲座正式开讲。中国科学院北京古脊椎与古人类研究所研究员、中国著名古生物学家和科普达人徐星，向观众讲述了“恐龙飞向蓝天"的精彩故事。

10 时 30 分，以"低碳理旧物　环保爱地球"为主题的青少年跳蚤市场开市。此次活动由河南省地质博物馆联合新华小记者郑州组委会共同开展。河南省地质博物馆馆长徐莉介绍，此活动主要为培养青少年的经济价值观，从身边的小事做起，不浪费自己的物品，自觉养成节约资源、爱护环境的意识和良好的行为习惯，培养具有良好综合素质的社会主义接班人。在现场，50 个小朋友各自拿来自己闲置的学习用品、看过的图书、用过的玩具及多余的小摆设，自己制作的手工艺品、书画作品等，或售卖或者交换，像模像样的。

"这是山川，这是河流……"在河南省地质博物馆展厅门前，一张地图吸引了观众，尤其是小朋友们的注意。河南省地质博物馆的地质专家，正在带小朋友认地图，以此培养青少年的环境保护意识。同时，河南省地质博物馆还向大家发放了《河南省地质博物馆馆藏环境治理资料目录》《河南省地质博物馆馆藏地质灾害资料目录》《河南省地质博物馆馆藏规划类资料目录》等地质资料宣传册。

# 河南省第50个"世界地球日"活动宣传周启动"生态文明媒体行"

2019-04-23　09:48:15　商都网

2019年4月20日，由河南省自然资源厅主办，河南省地质博物馆承办的第50个"世界地球日"主题宣传活动拉开序幕，当日，近5000名观众走进河南省地质博物馆，参加了丰富多彩的互动活动，加深了"绿水青山就是金山银山""人与自然和谐共生"的理念，激发了青少年形成亲近自然、了解自然、保护自然的生态意识。

当天上午9时30分，河南省"世界地球日"主题宣传活动正式启动，在启动仪式上，河南省自然资源厅副厅长杜清华表示，保护地球，呵护家园，是地球人应尽的义务和不可推卸的责任，我们党和政府擘画了生态中国、美丽中国的壮美蓝图，把环境保护作为一个硬仗来打，对自然资源强加保护。"绿水青山就是金山银山""山水林田湖草是生命共同体"等生态文明思想深入人心。我们举办"世界地球日"主题宣传活动，旨在传递正能量、宣传新理念、倡导新生活，提高公众对自然资源、生态环境、国策国情的认识，科学普及地球科学技术知识，倡导全社会积极参与节约集约利用资源，倡导绿色简约生活，激发广大青少年亲近自然、了解自然、保护自然。作为一名公民，要从自身做起，从现在做起，从点滴做起，善待地球、敬畏自然、珍爱地球、守护资源，实现人与自然和谐发展。启动仪式后，参加活动的大小朋友在主题墙上留言，写下自己对地球的心里话。

上午10时，河南省地质博物馆一楼4D影院内，一场内容丰富的"恐龙飞向蓝天"科普讲座正式开讲。中国科学院北京古脊椎与古人类研究所研究员、中国著名古生物学家和科普达人徐星，向观众讲述了"恐龙飞向蓝天"的精彩故事。

10时30分，以"低碳理旧物　环保爱地球"为主题的青少年跳蚤市场开市。50个小朋友各自拿来自己闲置的学习用品、看过的图书、用过的玩具及多余的小摆设，自己制作的手工艺品、书画作品等，或售卖或者交换，像模像样的。同时，河南省地质博物馆还向大家发放了《河南省地质博物馆馆藏环境治理资料目录》《河南省地质博物馆馆藏地质灾害资料目录》《河南省地质博物馆馆藏规划类资料目录》等地质资料宣传册。

11时，由河南省委网信办与省自然资源厅共同承办的“生态文明媒体行”网络主题宣传活动，拉开了帷幕。

此次活动作为河南省2019年网上重大主题宣传活动的一部分，深入贯彻落实习近平新时代中国特色社会主义思想，全面推进贯彻新发展理念，聚焦河南省矿山生态环境整治工作，20日到24日，由人民网、新华网、央视网、中国网、光明网、河南日报客户端等26家网络媒体记者、编辑组成的采访团，赶赴许昌、平顶山、洛阳、三门峡等地，实地采访各地矿山地质环境生态修复取得的经验和做法，通过各大新闻网站集中采访，宣传各地矿山生态环境建设取得的成绩和经验做法，讲好美丽河南故事，让良好生态环境成为提升人民群众获得感、幸福感、安全感的新增长点。

# 地球日宣传周将持续至 26 日

2019-04-22　东方日报

（米方杰　陆希婉）在第 50 个“世界地球日”来临之际，4 月 20 日上午，“珍爱美丽地球　守护自然资源”的地球日主题宣传活动在郑州启幕。当天，有近 5000 名观众走进河南省地质博物馆，参加了丰富多彩的互动活动，进一步加深了生态文明意识。

据悉，本次活动将持续到 4 月 26 日。

活动现场，还有一个小小的“跳蚤市场”，不少家长带孩子参与其中。大家各自拿出自己家中闲置的学习用品、图书、玩具等，相互交换或再次出售。不少小朋友还将自己制作的手工艺品、书画作品进行置换。“我看过的书拿来和别的同学换，这也算是闲置的东西再利用，没有浪费。环保要从小做起，也要从小事做起，我感觉挺有意义的。”现场一位小朋友告诉记者。

# “世界地球日”主题宣传周活动启幕 近5000名群众参与其中

2019-04-21　08:04:24　东方今报·猛犸新闻

（肖　萌　陆希婉）　在第50个“世界地球日”来临之际，4月20日上午，由河南省自然资源厅主办，河南省地质博物馆承办的主题宣传周活动在郑州启幕。今年的地球日主题为“珍爱美丽地球　守护自然资源”。当天，有近5000名观众走进河南省地质博物馆，参加了丰富多彩的互动活动，进一步加深了生态文明意识。

据悉，本次活动周将持续到4月26日，旨在传递正能量、宣传新理念、倡导新生活，提高公众对自然资源、生态环境、国策国情的认识，科学普及地球科学技术知识，倡导全社会积极参与节约集约利用资源，倡导绿色简约生活，激发广大青少年亲近自然、了解自然、保护自然。

“保护地球、呵护家园，是地球人应尽的义务和不可推卸的责任。”在启动仪式上，河南省自然资源厅副厅长杜清华发起倡议，“我们作为一名公民，要从我做起，从现在做起，从点滴做起，善待地球、敬畏自然、珍爱地球、守护资源，实现人与自然和谐发展。”

据河南省地质博物馆馆长徐莉介绍，作为此次活动的承办单位，河南省地质博物馆在做好主题“三个一”基础上，还有形式多样的系列活动。邀请中国科学院北京古脊椎与古人类研究所研究员、国际古生物专家徐星给大家做科普讲座；“生态文明媒体行”网络主题活动启动；围绕“世界地球日”主题设计展览讲述今年的地球故事的展板等丰富多彩的活动。

活动现场，还有一个小小的“跳蚤市场”，不少家长带孩子参与其中。大家各自拿出自己家中闲置的学习用品、图书、玩具等摆件，相互交换或再次出售。不少小朋友还将自己制作的手工艺品、书画作品进行置换。“我看过的书拿来和别的同学换，这也算是闲置的东西再利用，没有浪费。环保要从小做起，也要从小事做起，我感觉挺有意义的。”现场一位小朋友告诉记者。

# 河南省地质博物馆举办多彩活动迎接第50个“世界地球日”

2019-04-20　20:52:00　凤凰网河南综合

4月22日是第50个“世界地球日”，2019年的主题为“珍爱美丽地球 守护自然资源”。4月20日上午，由河南省自然资源厅主办，河南省地质博物馆承办的第50个“世界地球日”主题宣传周正式启幕。当日，近5000名市民走进河南省地质博物馆，参加了丰富多彩的互动活动，加深了“绿水青山就是金山银山”“人与自然和谐共生”的理念，激发了青少年形成亲近自然、了解自然、保护自然的生态意识。

在启动仪式上，河南省自然资源厅副厅长杜清华表示，举办“世界地球日”主题宣传活动，旨在传递正能量、宣传新理念、倡导新生活，提高公众对自然资源、生态环境、国策国情的认识，科学普及地球科学技术知识，倡导全社会积极参与节约集约利用资源，倡导绿色简约生活，激发广大青少年亲近自然、了解自然、保护自然。作为一名公民，要从自身做起，从现在做起，从点滴做起，善待地球、敬畏自然、珍爱地球、守护资源，实现人与自然和谐发展。

写下一段想对地球说的话，听一场“高营养”的科普讲座，交换一件闲置的学习用品，跟着地质专家学会看地图……在河南省地质博物馆可以这样度过“世界地球日”主题活动周。据河南省地质博物馆馆长徐莉介绍：“本次活动周将持续到4月26日，我们邀请到中国科学院北京古脊椎与古人类研究所研究员、国际古生物专家徐星做科普讲座，‘生态文明媒体行’网络主题活动启动，围绕‘世界地球日’主题设计展览讲述今年的地球故事的展板，以‘低碳理旧物　环保爱地球’为主题的青少年跳蚤市场活动，‘我要对地球说’主题海报留言互动活动，‘专家带你认地图’、宣传册发放等丰富多彩的活动。”

# 河南省地质博物馆启动第50个“世界地球日”活动

## ——让地球不再“流浪”

2019-04-21 10:14:07 和讯网

4月20日，河南省地质博物馆举行主题为“珍爱美丽地球 守护自然资源”第50个“世界地球日”启动仪式，本次活动周将持续到4月26日。

在启动仪式上，河南省自然资源厅副厅长杜清华表示，保护地球、呵护家园，是地球人应尽的义务和不可推卸的责任。我们党和政府擘画了生态中国、美丽中国的壮美蓝图，把环境保护作为一个硬仗来打，对自然资源强加保护。“绿水青山就是金山银山”“山水林田湖草是生命共同体”等生态文明思想深入人心。我们举办“世界地球日”主题宣传活动，旨在传递正能量、宣传新理念、倡导新生活，提高公众对自然资源、生态环境、国策国情的认识，科学普及地球科学技术知识，倡导全社会积极参与节约集约利用资源，倡导绿色简约生活，激发广大青少年亲近自然、了解自然、保护自然。作为一名公民，要从自身做起，从现在做起，从点滴做起，善待地球、敬畏自然、珍爱地球、守护资源，实现人与自然和谐发展。

河南省地质博物馆按照国家自然资源部及河南省自然资源厅的相关文件要求，在做好主题“三个一”基础上还有形式多样的系列活动。主要活动包括邀请中国科学院北京古脊椎与古人类研究所研究员、国际古生物专家徐星给大家做科普讲座；“生态文明媒体行”网络主题活动启动；围绕“世界地球日”主题设计展览讲述今年的地球故事的展板；来自新华社小记者的30位小朋友进行“低碳理旧物 环保爱地球”青少年跳蚤市场活动，“我要对地球说”主题海报留言互动活动，“专家带你认地图”、宣传册发放等丰富多彩的活动。

作为公益性的一类博物馆、国家国土资源科普基地，我们有义务，也有责任传播普及科学精神、科学思维和科学方法，培养青少年对地球科学的认知兴趣，介绍我国山、水、林、田、湖、草等自然资源的国情现状，宣传贯彻节约资源和保护环境的基本国策，引导公众了解所在地区的资源特征，普及保护资源、节能减排、防灾减灾的科学常识，倡导树立珍惜、节约、高效、持续利用自然资源的意识，鼓励公众积极参与宣传自然资源的先进的管理理念、知识和成果的科普阵地及平台。

# 第 50 个“世界地球日”即将到来 活动周到这里还能“长知识”哟

2019-04-21　一点资讯郑州

（李明亮）　写下一段想对地球说的话，听一场“高营养”的科普讲座，交换一件闲置的学习用品，跟着地质专家学会看地图……4 月 20 日，由河南省自然资源厅主办，河南省地质博物馆承办的第 50 个“世界地球日”主题宣传周活动正式启幕。当日，有近 5000 名观众走进河南省地质博物馆，参加了丰富多彩的互动活动，加深了“绿水青山就是金山银山”“人与自然和谐共生”的理念，激发了青少年形成亲近自然、了解自然、保护自然的生态意识。

2019 年 4 月 22 日是第 50 个“世界地球日”，今年的地球日主题为“珍爱美丽地球　守护自然资源”。为扩大宣传面，强化宣传效果，河南省自然资源厅决定从 4 月 20 日开始启动第 50 个“世界地球日”主题宣传周活动。

当天上午 9 时 30 分，河南省“世界地球日”主题宣传活动正式启动。在启动仪式上，河南省自然资源厅副厅长杜清华表示，保护地球、呵护家园，是地球人应尽的义务和不可推卸的责任。我们党和政府擘画了生态中国、美丽中国的壮美蓝图，把环境保护作为一个硬仗来打，对自然资源强加保护。“绿水青山就是金山银山”“山水林田湖草是生命共同体”等生态文明思想深入人心。我们举办“世界地球日”主题宣传活动，旨在传递正能量、宣传新理念、倡导新生活，提高公众对自然资源、生态环境、国策国情的认识，科学普及地球科学技术知识，倡导全社会积极参与节约集约利用资源，倡导绿色简约生活，激发广大青少年亲近自然、了解自然、保护自然。作为一名公民，要从自身做起，从现在做起，从点滴做起，善待地球、敬畏自然、珍爱地球、守护资源，实现人与自然和谐发展。

启动仪式后，参加活动的大小朋友在主题墙上留言，写下自己对地球的心里话。

上午 10 时，河南省地质博物馆一楼 4D 影院内，座无虚席，一场内容丰富的“恐龙飞向蓝天”科普讲座正式开讲。中国科学院北京古脊椎与古人类研究所研究员、中国著名古生物学家和科普达人徐星，向观众讲述了“恐龙飞向蓝天”的精彩故事。

10 时 30 分，以“低碳理旧物　环保爱地球”为主题的青少年跳蚤市场开市。此次活动由河南省地质博物馆联合新华社小记者团郑州组委会共同开展。河南省地质博物馆馆长徐莉介绍，此次活动主要为培养青少年的经济价值观，从身边的小事做起，不浪费自己的物品，自觉养成节约资源、爱护环境的意识和良好的行为习惯，培养具有良好综合素质的社会主义接班人。在现场，50 个小朋友各自拿来自己闲置的学习用品、看过的图书、用过的玩具及多余的小摆设，自己制作的手工艺品、书画作品等，或售卖或交换，像模像样的。

“这是山川，这是河流……”在河南省地质博物馆展厅门前，一张地图吸引了观众，尤其是小朋友们的注意。河南省地质博物馆的地质专家，正在带小朋友认地图，以此培养青少年的环境保护意识。同时，河南省地质博物馆还向大家发放了《河南省地质博物馆馆藏环境治理资料目录》《河南省地质博物馆馆藏地质灾害资料目录》《河南省地质博物馆馆藏规划类资料目录》等地质资料宣传册。

# “生态文明媒体行”宣传活动启动

# 河南启动"生态文明媒体行"网络主题宣传活动

2019-04-21　10:40:56　新华网

新华网郑州4月21日电（王堃松）　4月20日，在第50个"世界地球日"来临之际，由河南省委网信办与省自然资源厅共同承办的"生态文明媒体行"网络主题宣传活动正式拉开帷幕。河南省自然资源厅厅长张兴辽、河南省委网信办副主任陈明、河南省自然资源厅副厅长余纪云出席启动仪式。

据悉，作为河南省2019年网上重大主题宣传活动的一部分，此次活动旨在全面推进贯彻新发展理念网上宣传，聚焦河南省矿山生态环境整治工作，通过各大新闻网站集中采访报道，宣传各地矿山生态环境建设取得的成绩和经验做法，讲好美丽河南故事，让良好生态环境成为提升人民群众获得感、幸福感、安全感的新增长点。

据介绍，河南省自然资源管理部门加快绿色矿山建设，矿山地质环境保护与综合治理工作取得突破性进展。2018年完成治理面积约11万亩，超过过去3年之和。目前，河南省共实施矿山环境恢复治理项目389个，资金投入33.46亿元。

据了解，4月20日到24日，媒体团将赶赴许昌、平顶山、洛阳、三门峡等地，实地采访各地矿山地质环境生态修复取得的经验和做法，讲好美丽河南故事，助力中原更加出彩。

# 累计投入 33.46 亿元
# 河南省矿山环境恢复治理取得突破性进展

2019-04-20　21:31:45　中华网河南

4 月 20 日，在第 50 个“世界地球日”来临之际，由河南省委网信办与省自然资源厅共同承办的“生态文明媒体行”网络主题宣传活动，正式拉开帷幕。

河南省自然资源厅厅长张兴辽、河南省委网信办副主任陈明、河南省自然资源厅副厅长余纪云出席当天上午在河南省自然资源厅举行的“生态文明媒体行”网络主题活动媒体见面会暨启动仪式。

据了解，此次活动作为河南省 2019 年网上重大主题宣传活动的一部分，旨在深入贯彻落实新时代中国特色社会主义思想，全面推进贯彻新发展理念网上宣传，聚焦河南省矿山生态环境整治工作，宣传各地矿山生态环境建设取得的成绩和经验做法，讲好美丽河南故事，让良好生态环境成为提升人民群众获得感、幸福感、安全感的新增长点。

在媒体见面会上，河南省自然资源厅副厅长余纪云介绍了近年来河南省地质生态环境取得的成果及下一步思路。

近年来，河南省自然资源管理部门深入学习新时代中国特色社会主义思想，牢固树立绿色发展和绿水青山就是金山银山的理念，全力落实省委、省政府的决策部署，主动作为，担当起生态保护修复的主责，积极开展矿山生态保护修复治理，大力推进露天矿山综合整治，加快绿色矿山建设，矿山地质环境保护与综合治理工作取得突破性进展。2018 年完成治理面积约 11 万亩，超过过去 3 年之和。目前，河南省共实施矿山环境恢复治理项目 389 个，资金投入 33.46 亿元。

2019 年，河南省自然资源工作按照“一张蓝图保发展　一体共治建生态”的总体思路，遵循“山水林田湖草”是生命共同体的系统思想，深入贯彻落实河南省委、省政府推进生态共治部署，扎实推进实施“山水林田湖草”一体化生态保护修复“六大工程”，着力形成点、线、面、体相结合的国土空间治理格局，着力建设山青、水碧、林郁、田沃、湖美、草茂的美丽河南。

# “生态文明媒体行”启动
# 聚焦河南省矿山生态环境整治

2019-04-20 18:55:00 中国搜索

**核心提示：**

由中央新闻网站、河南省主要新闻网站和省主要传统媒体新媒体平台等组成的媒体团，将深入基层实地采访，展现河南各地矿山生态环境建设取得的显著成效和生动实践。

中国搜索郑州4月20日讯（刘 洋） 4月20日，“生态文明媒体行”网络主题活动在郑州正式启动。接下来的4天时间内，由中央新闻网站、河南省主要新闻网站和河南省主要传统媒体新媒体平台等组成的媒体团，将深入基层实地采访，展现全省各地矿山生态环境建设取得的显著成效和生动实践。

此次活动由河南省委网信办、河南省自然资源厅联合开展，旨在结合“世界地球日”，围绕河南省矿山生态环境整治工作，加强贯彻新发展理念网上宣传。

近年来，河南省自然资源厅牢固树立绿色发展和绿水青山就是金山银山的理念，全面落实政府、部门和企业的矿山地质环境保护与土地复垦的责任，矿山地质环境保护与综合治理工作取得突破性进展。2018年完成治理面积约11万亩，超过过去3年之和。目前，河南省共实施矿山环境恢复治理项目389个，资金投入33.46亿元。同时，本着“先上大，后关小”的原则，在新上大型矿山投产后，全部关停中小型露天矿山；在全国率先发布实施省级绿色矿山建设系列标准，为绿色矿山建设提供了基本遵循。

河南省自然资源厅副厅长余纪云介绍，2019年，河南省自然资源厅将“坚持一体共治建生态”，扎实推进生态保护修复“六大工程”，即国土绿化提速行动、南太行地区生态保护修复、全域国土综合整治试点、三类矿山（绿色矿山、露天矿山、废弃矿山）综合整治、沿黄生态带建设、启动“三园”建设，着力形成点、线、面、体相结合的国土空间治理格局，努力建设山青、

水碧、林郁、田沃、湖美、草茂的美丽河南。

据了解，2019 年河南省将完成营造林 736 万亩，努力实现“应绿尽绿”，先行在 100 个左右的村开展全域国土综合整治试点，建成 50 个绿色矿山，按照宜耕则耕、宜林则林、宜园则园、宜水则水的原则，对近 3000 个废弃矿山进行生态修复治理。同时，努力把沿黄生态带打造成为我国生态文明建设与绿色发展的引领区，将郑州黄河国家湿地公园打造成为我国最大的城市近郊湿地公园，将中华生物园打造成集传承生态文明、科学研究普及、旅游休憩观光等功能于一体的综合园区，将伏牛山世界植物大观园建设成南北过渡带森林生态系统原真性保护展示区、国际生物多样性保育区，打造中原“绿核”、生态基石、生物绿色宝库和珍稀濒危植物天堂。

活动期间，媒体团将走进许昌、平顶山、洛阳、三门峡，实地探访襄城县首山地质环境治理项目、郏县矿山生态修复、宝丰县废弃矿山整治、新安县铝土矿、河南发恩德矿业有限公司（银矿）、陕县香草洼铝土矿、灵宝小秦岭金矿。

河南省自然资源厅厅长张兴辽、河南省委网信办副主任陈明、河南省委网信办传播处处长张邨、河南省自然资源厅地质环境处副处长李向阳等出席了启动仪式。

# 美丽河南我来讲，<br>“生态文明媒体行”网络主题宣传活动启动

2019-04-20 21:26:00 河南日报客户端

（李 鹏） 生态文明行，美丽河南我来讲。4月20日，在第50个“世界地球日”来临之际，由河南省委网信办与省自然资源厅共同承办的“生态文明媒体行”网络主题宣传活动，正式拉开帷幕。

河南省委网信办和省自然资源厅相关负责人在启动仪式上介绍，此次活动作为河南省2019年网上重大主题宣传活动的一部分，旨在深入贯彻落实习近平新时代中国特色社会主义思想，全面推进贯彻新发展理念网上宣传，聚焦河南省矿山生态环境整治工作，通过各大新闻网站集中采访报道，宣传各地矿山生态环境建设取得的成绩和经验做法，让良好生态环境成为提升人民群众获得感、幸福感、安全感的新增长点。

美丽河南生态文明故事多，绿色矿山建设颇为亮眼。河南日报客户端记者从媒体见面会上获悉，近年来，尤其是党的十八大以来，河南省自然资源管理部门加快绿色矿山建设，矿山地质环境保护与综合治理工作取得突破性进展，2018年完成治理面积约11万亩，超过过去3年之和。目前，河南省共实施矿山环境恢复治理项目389个，资金投入33.46亿元。下一步，河南省自然资源工作按照“一张蓝图保发展 一体共治建生态”总体思路，着力建设山青、水碧、林郁、田沃、湖美、草茂的美丽河南。

怎样传播亮眼故事，尤其在网络空间讲述好美丽河南的出彩故事？从4月20日到24日，由河南日报客户端、人民网、新华网、央视网、大河网、河南手机报等近30家网络媒体的记者、编辑组成媒体团，赶赴河南省许昌、平顶山、洛阳、三门峡等地，实地采访各地矿山地质环境生态修复取得的经验和做法。

美丽河南我来讲！启动仪式上，参与本次活动的青年记者们纷纷表示，将珍惜这次深入基层实地采访的机会，用手中的笔和镜头，聚焦美丽河南建设，创新报道形式，用最好的精神状态，记录下这片大地上的春华秋实，展现全省各地矿山生态环境建设取得的显著成效和生动实践，全方位、多层次、全媒体地营造浓厚的宣传氛围，网聚更加美好、更加出彩的中原！

# 2019年，河南省自然资源工作要做好这六件事！

2019-04-21 10:35:00 大河网

大河网讯（何心悦） 4月20日，由河南省委网信办与河南省自然资源厅共同承办的“生态文明媒体行”网络主题宣传活动启动仪式在郑州举行。大河网记者从启动仪式上获悉，2019年，河南自然资源系统将完成营造林736万亩，在100个左右的村开展全域国土综合整治试点、建成50个绿色矿山等工作。

## 持续推进国土绿化提速行动工程

河南省自然资源厅副厅长余纪云表示，今年河南将全面组织实施国土绿化提速行动和森林河南建设，完成营造林736万亩，努力实现“应绿尽绿”，让绿满中原成为出彩河南的亮丽底色。

## 全力实施南太行地区生态保护修复工程

全面启动南太行地区“山水林田湖草”生态保护修复工程建设，2019年完成30亿元、60%以上规划建设目标，着力打造国家级生态保护修复样板工程、示范工程。

## 积极开展全域国土综合整治试点工程

积极推进实施千村整治三年行动计划，2019年先行在100个左右的村开展全域国土综合整治试点，对田、水、路、林、村、矿进行全类型、全要素综合整治，形成农田集中连片、建设用地集中集聚、空间形态高效节约的用地格局，助力乡村振兴战略的实施。

## 全面推进绿色矿山建设和废弃矿山治理

2019年突出抓好绿色矿业发展示范区建设，加快建设平顶山（煤炭）、巩义、永城、栾川、灵宝、卢氏、桐柏7处绿色矿业发展示范区，发挥好典型示范引领作用，确保2019年全省建成50个绿色矿山。“同时，按照宜耕则耕、宜林则林、宜园则园、宜水则水的原则，对近3000个废弃矿山进行生态修复

治理，逐步使废弃矿山变成绿水青山，废弃地变成‘聚宝盆’。”余纪云说。

**推进沿黄生态带建设工程**

努力把沿黄生态带打造成为我国生态文明建设与绿色发展的引领区，重塑河南省黄河流域生态建设新格局。从政策和资金上支持黄河滩区居民迁建、退耕还湿还草、基础设施完善等工程，为沿黄生态带建设提供坚实保障。

**加快启动“三园”建设工程**

统筹组织“三园”建设工作，将郑州黄河中央湿地公园打造成为我国最大的城市近郊湿地公园，将中华生物园打造成集传承生态文明、科学研究普及、旅游休憩观光等功能于一体的综合园区，将伏牛山世界植物大观园建设成南北过渡带森林生态系统原真性保护展示区、国际生物多样性保育区，打造中原“绿核”、生态基石、生物绿色宝库和珍稀濒危植物天堂。

# 河南“生态文明媒体行”网络宣传活动拉开帷幕

2019-04-24　中国自然资源报

本报讯（张永强）　为纪念第50个“世界地球日”，4月20日，由河南省委网信办与省自然资源厅共同举办的“生态文明媒体行”网络主题宣传活动拉开帷幕。

此次活动聚焦河南省矿山生态环境整治工作，通过各大新闻网站集中采访报道，宣传各地矿山生态环境建设取得的成绩和经验做法，讲好美丽河南故事，让良好生态环境成为提升人民群众获得感、幸福感、安全感的新增长点。4月20～24日，由人民网、新华网、央视网、中国网、光明网、央广网、大河网、映象网、河南日报客户端等26家网络媒体的记者、编辑组成的媒体团，赴许昌、平顶山、洛阳、三门峡等地，实地采访各地矿山地质环境生态修复取得的经验和做法，讲好美丽河南故事，助力中原更加出彩。

据了解，近年来，尤其是党的十八大以来，河南省自然资源管理部门牢固树立绿色发展和绿水青山就是金山银山的理念，担当起生态保护修复的主责，积极开展矿山生态保护修复治理，大力推进露天矿山综合整治，加快绿色矿山建设，矿山地质环境保护与综合治理工作取得突破性进展。2018年完成矿山治理面积约11万亩，超过过去3年之和。目前，河南省共实施矿山环境恢复治理项目389个，资金投入33.46亿元。

2019年，河南省自然资源工作按照“一张蓝图保发展　一体共治建生态”总体思路，遵循“山水林田湖草”是生命共同体的系统思想，扎实推进实施“山水林田湖草”一体化生态保护修复“六大工程”，着力形成点、线、面、体相结合的国土空间治理格局，着力建设山青、水碧、林郁、田沃、湖美、草茂的美丽河南。

# 许昌篇

# 襄城首山：高标准实施矿山地质环境治理工程

2019-04-21 10:41:07 新华网

新华网郑州4月21日电（王堃松） 4月20日下午，“生态文明媒体行”走进襄城首山，重点采访襄城县首山地质环境治理项目。

据介绍，首山位于襄城县城南2.5千米，东西长约6.8千米，南北宽约2.9千米，面积约19.72平方千米，因历史原因，地质和生态环境遭到严重破坏。

据了解，襄城县人民政府通过一期二期工程治理，实施渣堆清理、采坑回填、危岩清理、坡面整治、护坡、集排水、道路、绿化等治理工程，消除该区域矿山地质环境问题和地质灾害隐患，修复地形地貌，恢复土地功能。目前，首山一期治理工作已经完工，二期治理工作已完成治理任务总工程量的70%。

据悉，矿山地质环境治理项目的实施，使生态环境得到极大改善，为襄城县成功举办两届首山油菜花旅游文化节打下了良好基础。现在的首山已成为市民观光、旅游、休闲的场所，带动了周边乡村经济的快速发展。

# 襄城首山：披绿蝶变　再展新颜

2019-04-21　人民网

人民网许昌4月21日电（张毅力）“这个位置之前是采石坑，杂石裸露，坑洼不平。过去有人要说自己家住在首山，是一件难为情的事，下雨一身泥，没有出路，找个媳妇都难。”张道庄村58岁的村民刘松奇回忆起早前的首山，不禁感慨：“现在要再说起来家住首山，那可是件令人羡慕的事儿。”

首山，位于许昌市襄城县南2.5千米，面积约19.72平方千米。这里交通闭塞，满山的石头也曾养育过几代人，但伴随着挖掘机、铲车的开进，石坑裸露、山体破坏严重，再走“靠山吃山”的老路，困难重重。

## 封山育林道路艰

“2010年，县委县政府下定决心要封山，成立了专门的指挥部。尽管做足了心理准备，可实际推行起来却很艰难。村民们不理解，采了几代的石头咋就行不通了？县里用了整整11个月的时间，才算是把山给封住了。”首山治理办公室主任闫遂凌说，“跑村户、做工作，山封住了，也迈出了改造矿山、培育青山的第一步。”

“换装”后的首山樱桃熟了　（马千慧　摄）

2014年9月，襄城县人民政府向河南省国土资源厅、省财政厅申报“襄城县首山矿山地质环境治理工程”。治理范围14平方千米（涉及湛北乡、山头店镇、紫云镇3个乡镇），总投资4.6067亿元，经河南省财政厅和国土资源厅核定支持资金1.983亿元，同年12月30日获得批准支持资金4000万元。

2017年7月，由襄县政府向河南省财政厅、国土资源厅申报的“襄城县首山矿山地质环境治理（2018年度）项目”于2018年6月批复。当下，育林工作正稳步推进。

### 多方协调成效显

“目前，首山一期已完工，治理范围在刘家沟以东至黄沟以西，约 1.98 平方千米。”闫遂凌介绍，“首山二期正稳步推进，治理范围在首山山体南坡葛沟至刘家沟区域，面积约 0.95 平方千米，实施危岩清理、地块平整、道路、蓄水池、生物等措施。”

看着采石坑里长起的植被，襄城县自然资源局党组成员石朝晖说：“这是紫叶李，鸭蛋形地区是西府海棠、东边山脚是软籽石榴，这个坡面向东是侧柏，等蓄水池投入使用后，咱首山会更加美丽。”

据了解，首山一期完成绿化面积 1450 亩，栽植各类苗木 36000 多株，种植各类花草 20 万平方米，总投资约 5000 万元，并招商引资建设了“百鸟园”“欢乐谷”等项目。

### “靠山吃山”新理念

“换装”后的首山，生态环境得到改善，并举办了两届油菜花旅游文化节，首山下的樱桃采摘项目也引得不少游客驱车前来，带动了周边乡村经济的发展。

樱桃熟了

“没来之前对首山的印象还停留在老辈们的说法中，采石生活，交通闭塞。但到了首山发现完全不是那样，树多、山绿，环山公路直达山顶，过来走走心情也放松了不少。”从紫云镇赶来摘樱桃的刘银丽说。

从采石到旅游，首山“靠山吃山”的新路子越走越坚定。闫遂凌表示，襄城县委、县政府有决心把首山治理好，打造好，使其真正成为一个山体森林公园，成为襄城人民及周边群众休闲娱乐的好去处。

# 看河南首山如何变身致富“金山”

2019-04-23　09:04:00　央广网河南分网

央广网河南分网4月23日消息（陈文杰）　近日，由河南省委网信办与河南省自然资源厅共同承办“生态文明媒体行”活动走进许昌襄城县，26家主流媒体采访首山地质环境治理项目的“前世今生”，真切感受到“绿水青山就是金山银山。”

八百里伏牛山，起于此地，故曰首山。首山位于河南省许昌市襄城县城区南2.5千米，东西长约6.80千米，南北宽约2.90千米，面积约19.72平方千米。因历史原因，山体已挖成千疮百孔，惨不忍睹，地质环境和生态环境及人文环境遭到严重破坏。

绿水青山就是金山银山

据襄城县副县级干部、首山治理办公室主任闫遂凌介绍，2014年9月，该县人民政府向河南省国土资源厅、省财政厅申报了“襄城县首山矿山地质环境治理工程”。治理范围14平方千米（涉及襄城县湛北乡、山头店镇、紫

修复后的首山环山公路

云镇 3 个乡镇）；总投资 4.6067 亿元；经河南省财政厅和国土资源厅核定支持资金 1.983 亿元；同年 12 月 30 日获得批准支持资金 4000 万元。

首山矿山地质环境治理工程项目申报成功后，当地政府高度重视，专门成立了由县委书记任政委、县长任指挥长的襄城县首山矿山地质环境治理工程指挥部，指挥部下设办公室，办公室由抽调的相关单位 30 余人组成，办公室主任由县政府副县级干部担任。

据介绍，总体规划设计方案按照因地制宜、切实可行的原则，坚持“宜耕则耕、宜林则林、宜景则景”的要求，对矿山地质环境进行治理，有效防止地质灾害发生以及水土流失和环境污染，改善矿山及周边的土壤质量和生态环境，更好地发挥经济效益和社会效益。

治理后的首山，成熟的樱桃压弯了枝头

2018 年 4 月、2019 年 4 月该县成功举办了两届首山油菜花旅游文化节。第一届文化节当日就吸引游客达 8 万人次，累计接待游客超过 36 万人次，与客商签约 27 个项目，实现招商引资 50.7 亿元。

在第二届首山油菜花旅游文化节期间，该县还举行了体彩·环中原 2019“五环体育杯”自行车公开赛，来自俄罗斯、加拿大、法国、澳大利亚等 11 个国家的专业及业余自行车选手千余人参加了比赛，这是襄城县第一次承办省级赛事，更是一次历史性的突破。文化节期间共接待省内外游客 73 万人次，日均接待游客 10 万人次。

首山绿了，百姓笑了。昔日满目疮痍的采石场，如今修建了山顶大道、环山公路，种植了 36000 株各类树种，今天的首山早已成为当地群众的致富“金山”！毫无疑问，这一切都要归功于河南开展的矿山生态环境整治工作。

# 河南襄城首山：荒芜矿山变绿色“聚宝盆”

2019-04-22 中工网

（闵亚平 董君亚） 漫山遍野的红樱桃闪耀着诱人的光泽、一望无际的油菜花田生长得自由奔放，空气中飘浮着阵阵花香，前来旅游踏青的旅客络绎不绝……这里是首山，位于河南省许昌市襄城县城南 2.5 千米，河南“生态文明媒体行”活动实地探访的第一站。

谁能想到？在 2014 年以前，首山还是一座被挖得千疮百孔，地质环境、生态环境、人文环境遭到严重破坏的山丘。那么是什么让首山在不到 5 年的时间里从荒芜矿山变身为旅游观光的绿色“聚宝盆”？

据了解，当时，首山治理范围多达 14 平方千米，襄城县委、县政府向河南省财政厅、省国土资源厅申报了首山矿山地质环境治理项目，治理项目分为两期进行，以消除该区域矿山地质环境问题和地质灾害隐患，修复地形地貌，恢复土地功能为主要目标，实施了渣堆清理、采坑回填、坡面整治、护坡、集排水、道路、绿化等治理工程，采用了危岩清理、地块平整、道路、蓄水池、生物等治理措施，总投资 4.6067 亿元。

在首山地质环境治理项目的基础上，襄城县委、县政府对首山治理工程进行了配套投资建设，先后投资 6800 万元，修建环山公路 14.4 千米；投资 800 余万元实施引水上山工程，在首山南坡打深水井 13 眼、首山周边打井 14 眼，有效地解决了首山绿化用水问题。

2018 年，襄城县委、县政府把首山环山路绿化工程列入重点工程。绿化范围涉及山顶大道和首山环山路，道路总长 20 千米，绿化面积 1450 亩，栽植各类苗木 36000 多株，种植各类花草 20 万平方米，总投资约 5000 万元。

多管齐下，如今首山矿山地质环境治理项目效果十分显著，不仅矿山地质灾害隐患被彻底消除，生态环境也得到极大改善。现在，首山已成为周边居民观光、旅游、休闲、娱乐的好去处，襄城县政府以首山为依托，近年来成功举办了两届首山油菜花旅游文化节，累计接待游客超过 100 万人次，与客商签约 48 个项目，实现招商引资近百亿元，旅游业的发展也带动了首山周边乡村经济的快速发展。

# 襄城首山樱桃红 “破碎”矿山变绿水青山

2019-04-21 09:05:00 中国搜索

中国搜索许昌4月21日讯（刘 洋） “你看这樱桃长得多好，孩子们可喜欢吃了！”4月20日，许昌市襄城县湛北乡一个樱桃园里，来自平顶山的程女士正带着儿子和侄子摘樱桃，边吃边不停地夸。

而在程女士的印象里，以前这里可不是现在“绿树葱茏、樱桃满枝”的模样，“那时候到处都是采石场，山体被挖的乱七八糟，灰尘满天飞。”程女士说，现在这里环境变好了，路也修通了，自己只要有空就会带孩子来转转，体验一下乡村乐趣。

程女士说的山叫首山，位于襄城县城南2.5千米，东西长约6.80千米，南北宽约2.90千米。因历史原因，首山山体开采严重，山石被加工成建筑材料销售，地质环境、生态环境遭到破坏。2011年左右，首山采石场被襄城县全部叫停。

被破坏的生态该怎么办？答案只有一个——修复！2014年9月、2017年7月，襄城县人民政府分别两次申报“襄城县首山矿山地质环境治理工程”和“襄城县首山矿山地质环境治理（2018年度）项目”。一期工程治理范围14平方千米（涉及湛北乡、山头店镇、紫云镇3个乡镇），方案为实施渣堆清理、采坑回填、坡面整治、护坡、集排水、道路、绿化等治理工程，消除该区域矿山地质环境问题和地质灾害隐患，修复地形地貌，恢复土地功能；二期工程主要是采用危岩清理、地块平整、道路、蓄水池、生物等治理措施，消除地质灾害隐患，修复地形地貌，恢复土地功能。

襄城县生态修复领导小组副组长闫遂凌介绍，目前首山地质环境治理一期工程已完工，二期工程已完成总工程量的70%，生态修复效果初现。如今走在首山环山路上，两旁的樱花树郁郁葱葱；俯瞰山坡，海棠、侧柏、连翘、各种果树等成片分布。据了解，首山环山路绿化工程绿化面积 1450 亩，栽植各类苗木 36000 多株，种植各类花草 20 万平方米，总投资约 5000 万元；投资 800 余万元，在首山南坡打深水井 13 眼、周边打井 14 眼，有效地解决了绿化用水问题。

首山生态环境的改善，也有效地带动了周边乡村经济的快速发展。时下正值樱桃的采摘旺季，湛北乡孙家樱桃园的禹路艳说起经营状况，笑得合不拢嘴。“这几天游客络绎不绝，很多还都是从周边地市慕名而来的。整个采摘季下来，能收入四五万元吧！”

原来，首山封山禁采后，湛北乡政府利用当地种植樱桃历史悠久的优势，拉土上山改造种植环境，将土地承包给村民成片种植樱桃。经过多年的培育，湛北乡樱桃的名声渐响，每年都能吸引大批游客采摘，促进了村民的增收。

2018 年 4 月的第一届首山油菜花旅游文化节，当日就吸引游客达 8 万人次，累计接待游客超过 36 万人次，与客商签约 27 个项目，实现招商引资 50.7 亿元；刚刚过去的第二届首山油菜花旅游文化节，共接待省内外游客 73 万人次，签约项目 21 个，总投资 38.9 亿元，其中亿元以上项目 15 个。

首山地质环境治理项目的实施，不仅消除了矿山地质灾害的隐患，也极大地改善了山地的生态环境、人文环境。目前，襄城县正依托首山，努力打造田园综合体，将其变成市民观光、旅游、休闲、娱乐的场所。在此基础上吸引社会投资，有力推动全县经济社会健康有序发展。

# 首山：从千疮百孔到旅游打卡地 “母亲山”经历了啥?

2019-04-21 11:38:00 大河网

大河网讯（何心悦） 俗话说“靠山吃山”，然而越来越多的人正在用实际行动打破这一思维定式。4 月 20 日下午，“生态文明媒体行”采访团走进许昌市襄城县首山，实地探访首山地质环境治理项目给当地带来的可喜变化。

## 采石曾让“母亲山”“毁容”

首山作为襄城县的母亲山，位于襄城县城南 2.5 千米，因地处伏牛山脉之首而得名。在治理之前，山体已被挖得千疮百孔，惨不忍睹，地质环境、生态环境、人文环境遭到严重破坏。

原来，治理前的首山交通不畅，把山上的石头采下来卖曾经是当地百姓习以为常的事，大家觉得首山采石有着悠久的历史，并不认为有什么不妥。

直到 2014 年，为保护首山生态环境，消除地质灾害隐患，改善人居环境，襄城县委、县政府向河南省财政厅、省国土资源厅申报了首山矿山地质环境治理项目。

襄城县首山矿山地质环境治理工程的治理范围达 14 平方千米，总投资 4.6067 亿元。

孩子在首山上玩耍

改变总要一步步进行，首山一期主要治理范围在刘家沟以东至黄沟以西。通过实施渣堆清理、采坑回填、坡面整治、护坡、集排水、道路、绿化等治理工程，该区域矿山地质环境问题和地质灾害隐患逐步消除。

2018 年 6 月，“襄城县首山矿山地质环境治理（2018 年度）

项目”获得批复。首山二期工程瞄准山体南坡葛沟至刘家沟区域，面积约 0.95 平方千米（1425 亩），总投资 2186.73 万元。采用危岩清理、地块平整、道路、蓄水池、生物等治理措施，消除地质灾害隐患，修复地形地貌，恢复土地功能。目前，当地已完成治理任务超总工程量的 70%。

观景平台

**路修通了　樱桃沟兴起休闲旅游**

曾经闭塞的交通，也成为当地群众拓宽增收渠道的一大障碍。当地政府投资 6800 万元修建环山公路 14.4 千米。路修通了，首山的致富渠道也畅通了。在襄城县湛北乡的樱桃沟，采摘园吸引着大量游客前来。据当地居民透露，此前，因为路不通，这里产的樱桃 2 块钱 1 斤，还要把樱桃带下山卖，卖不掉的只好烂在地里。如今路通了，樱桃不出家门能卖上 10 块钱 1 斤，而且是游客们自己采摘。

“这些年我亲历樱桃沟的变化，特别感慨。这里几年前就开始大量种樱桃了，山上都是石头，

樱桃丰收

土是从山下运上来的。如今，这里每家樱桃园年收入能达到5万元。”湛北乡党委宣传委员高腾飞说。

近年来，首山吸引社会投资3800万元，其中“百鸟园”建设投资2000万元，“欢乐谷”建设投资1800万元。

### 以油菜花为媒　招商引资

首山生态环境已得到极大改善，为当地旅游经济带来前所未有的机遇。2018年4月、2019年4月成功举办了两届首山油菜花旅游文化节。首山治理办公室主任闫遂凌告诉记者，第一届文化节当日就吸引游客达8万人次，累计接待游客超过36万人次，与客商签约27个项目，实现招商引资50.7亿元。

油菜花开

在第二届首山油菜花旅游文化节期间，体彩·环中原2019“五环体育杯”自行车公开赛举行，来自俄罗斯、加拿大、法国、澳大利亚等11个国家的选手参加比赛，这是襄城县第一次承办省级赛事。文化节期间，共接待省内外游客73万人次，日均接待游客10万人次，微信平台接收襄城籍在外人士、外地游客信息咨询、评论多达10万余条。

第二届首山油菜花旅游文化节签约项目21个，总投资38.9亿元。其中，亿元以上项目15个。这些项目的签约，对全县经济社会发展产生有力的推动作用，也将吸引更多的企业家朋友到襄城投资兴业，共创辉煌、共享成果。

# 告别穷山恶水，拥抱青山绿水 “生态文明媒体行”首站走进襄城首山

2019-04-21　17:52:23　河南商报—掌中河南

（陈媛媛　王　蒙）　4月20日下午，由河南省委网信办与省自然资源厅共同承办的“生态文明媒体行”首站走进襄城首山。据了解，目前，首山一期治理工作已经完工；二期工程强化绿化优先原则，预计4月底完成所有绿化任务。

**告别穷山恶水，拥抱青山绿水**

首山位于襄城县城南2.5千米，东西长约6.80千米，南北宽约2.90千米，面积约19.72平方千米。因历史原因，山体已挖成千疮百孔，惨不忍睹，地质环境、生态环境、人文环境遭到严重破坏。

为保护首山生态环境，消除地质灾害隐患，改善人居环境，2014年9月，襄城县人民政府向河南省国土资源厅、省财政厅申报了“襄城县首山矿山地质环境治理工程”。治理范围14平方千米。

首山一期工程主要治理范围在刘家沟以东至黄沟以西，约1.98平方千米。以实施渣堆清理、采坑回填、坡面整治、护坡、集排水、道路、绿化等治理工程为总体治理方案，旨在消除该区域矿山地质环境问题和地质灾害隐患，

修复地形地貌，恢复土地功能。首山一期治理工程已经完工。

首山治理（二期）工程强化绿化优先原则，计划4月底完成所有绿化任务。

下一步，将继续加强矿山地质环境治理工程监管力度，保质保量完成治理任务，确保治理后的效果切实达到矿山地质环境治理要求。

**多措并举，推进地方配套建设**

为提升首山整体绿化水平，改变周边生态环境，在首山地质环境治理项目的基础上，当地县委、县政府把首山环山路绿化工程列入2018年重点工程。

绿化范围涉及山顶大道和首山环山路，道路总长20千米，绿化面积1450亩，栽植各类苗木36000多株，种植各类花草20万平方米，总投资约5000万元。

据襄城县首山治理办公室主任闫遂凌介绍，在对首山治理工程进行的配套建设中，修建环山公路14.4千米，同时实施引水上山工程，在首山南坡打深水井13眼、首山周边打井14眼。

闫遂凌表示："我们有决心、有信心，把首山治理好，打造好，使其真正成为一个山体森林公园，成为襄城人民及周边群众休闲娱乐的好去处。"

首山环山公路

**一体化观光旅游，齐助经济发展**

近年来，襄城县以首山为依托，于2018年4月、2019年4月成功举办了两届首山油菜花旅游文化节。

值得一提的是，在二期项目范围内的北姚樱桃沟，农户园内的樱桃长势喜人，正值樱桃成熟的季节，从周边县市赶来的游客络绎不绝。正在采摘樱桃的陆女士告诉记者："我们是从平顶山过来的，早就听朋友说首山的樱桃又大又甜，趁着周末我们一家人专门过来这边体验一下。"

收获

襄城县湛北乡党委委员高腾飞介绍说，北姚樱桃沟有农户63家，家家户户都种有樱桃，规模以上的樱桃园有27家。农户樱桃园年均收入达5万元，旺季时，农户日毛利润可达5700元。高腾飞感慨道："在首山，原来的穷山恶水变成了'青山绿水'，相信有一天，终将会成为我们老百姓的'金山银山'。"

# 从“卖石头”到“卖风景”
# 襄城首山华丽转身再穿绿衣

2019-04-21 08:22:01 东方今报·猛犸新闻

（肖 萌 陆希婉） 襄城县首山，曾因历史原因，被挖得千疮百孔、惨不忍睹。如今，随着生态治理，这里悄然“蝶变”，再披绿衣。曾经这里的人依靠首山“卖石头”，如今这里的人依赖首山休闲游。首山，成为远近闻名的山体森林公园，也成了当地招商引资的亮点。

4月20日下午，河南省委网信办、省自然资源厅联合开展“生态文明媒体行”网络主题活动采访团来到了襄城县首山地质环境治理项目。

首山，位于襄城南2.5千米，东西长约6.80千米，南北宽约2.90千米，面积约19.72平方千米。曾几何时，这里地质环境、生态环境、人文环境遭到严重破坏。

为保护首山生态环境，消除地质灾害隐患，改善人居环境，2014年9月，襄城县向河南省国土资源厅、省财政厅申报了“襄城县首山矿山地质环境治理工程”。治理范围14平方千米（涉及湛北乡、山头店镇、紫云镇3个乡镇），总投资4.6067亿元，经省财政厅和国土资源厅核定支持资金1.983亿元，同

年12月30日获得批准支持资金4000万元。

一期工程主要治理范围约1.98平方千米，实施渣堆清理、采坑回填、坡面整治、护坡、集排水、道路、绿化……首山逐渐消除该区域矿山地质环境问题和地质灾害隐患，地形地貌逐步修复，土地功能渐渐恢复。

据了解，该县向河南省财政厅、省国土资源厅申报的“襄城县首山矿山地质环境治理（2018年度）项目”于2018年6月批复。首山二期工程面积约0.95平方千米（1425亩），总投资2186.73万元。通过危岩清理、地块平整、道路、蓄水池、生物等治理措施首山再次发生变化。

目前，首山一期治理工作已经完工；首山治理（二期）工程强化绿化优先原则，4月底将完成所有绿化任务，治理任务总工程量已完成70%。

据悉，为提升首山整体绿化水平，改变周边生态环境，在首山地质环境治理项目的基础上，当地县委、县政府把首山环山路绿化工程列入2018年重点工程。绿化范围涉及山顶大道和首山环山路，道路总长20千米，绿化面积1450亩，栽植各类苗木36000多株，种植各类花草20万平方米，总投资约5000万元。同时对首山进行了配套投资建设，修建环山公路14.4千米，投资6800万元；实施引水上山工程，在首山南坡打深水井13眼、首山周边打井14眼，投资800余万元，有效地解决了首山绿化用水问题；在此基础上吸引社会投资3800万元。

“经过这几年来的打造，首山初步恢复了它的植被，恢复了它的盎然的生机，这样就吸引了不少的游客。”襄城县副县级干部、首山治理办公室主任闫遂凌向记者介绍首山治理情况，并表示因为首山的生态得到了有效的治理和修复，吸引在外闯荡的有志之士回家乡创业，另外一些客商纷纷到乡镇来签约投资。

襄城县以首山为依托，还于2018年4月、2019年4月举办了两届首山油菜花旅游文化节。第一届文化节累计接待游客超过36万人次，与客商签约27个项目，实现招商引资50.7亿元。第二届首山油菜花旅游文化节期间，还举行了体彩·环中原2019“五环体育杯”自行车公开赛，接待省内外游客73万人次，签约项目21个，总投资38.9亿元。

“过去是靠山吃山，只能采采石头，现在群众有保护环境的意识了，靠旅游做生意，油菜花文化节上都自发地戴上红袖章为来自各方的朋友做向导。”闫遂凌告诉记者。

“现在乡村游特别火，咱这主要是周边县市和本地人来玩，首山不高这是优势，老人小朋友都能来，像周末的时候，家长领着小朋友来，爬到山上玩会儿吃吃饭摘摘樱桃。”湛北乡党委委员宣传委员高腾飞向记者介绍村民靠山发展樱桃园经济收入可观。在首山旁，一般三口之家，如今年收入能有两万多元；十几口人的大家庭能依靠园子收入十万元左右。

# 从“卖石头”到“卖风景”
# 首山两届油菜花节引资近 90 亿元

2019-04-22　东方今报·猛犸新闻

（肖　萌　陆希婉）　襄城县首山，曾因历史原因，被挖得千疮百孔，惨不忍睹。如今，随着生态治理，这里悄然“蝶变”，再披绿衣。曾经，这里的人依靠首山“卖石头”，如今这里的人依赖首山休闲游。首山，成为远近闻名的山体森林公园，也成为当地招商引资的亮点。

## 4 月底将完成所有绿化

4 月 20 日下午，河南省委网信办、省自然资源厅联合开展的“生态文明媒体行”网络主题活动采访团来到襄城县首山地质环境治理项目。

首山，位于襄城南 2.5 千米，东西长约 6.80 千米，南北宽约 2.90 千米，面积约 19.72 平方千米。曾几何时，这里地质环境、生态环境、人文环境遭到严重破坏。

为保护首山生态环境，消除地质灾害隐患，改善人居环境，2014 年 9 月，襄城县向河南省国土资源厅、省财政厅申报了“襄城县首山矿山地质环境治理工程”。治理范围 14 平方千米（涉及湛北乡、山头店镇、紫云镇 3 个乡镇），

总投资 4.6067 亿元；经河南省财政厅和省国土资源厅核定，支持资金 1.983 亿元；同年 12 月 30 日获得批准支持资金 4000 万元。

一期工程主要治理范围约 1.98 平方千米，实施渣堆清理、采坑回填、坡面整治、护坡、集排水、道路、绿化……首山逐渐消除该区域矿山地质环境问题和地质灾害隐患，地形地貌逐步修复，土地功能渐渐恢复。

据了解，该县向河南省财政厅、省国土资源厅申报的“襄城县首山矿山地质环境治理（2018 年度）项目”于 2018 年 6 月批复。首山二期工程面积约 0.95 平方千米（1425 亩），总投资 2186.73 万元。通过危岩清理、地块平整、道路、蓄水池、生物等治理措施，首山再次发生变化。

目前，首山一期治理工程已经完工；首山治理（二期）工程强化绿化优先原则，4 月底将完成所有绿化任务，治理任务总工程量已完成 70%。

### 两届油菜花节引资近 90 亿元

为改变周边生态环境，在首山地质环境治理项目的基础上，当地县委、县政府把首山环山路绿化工程列入 2018 年重点工程。绿化范围涉及山顶大道和首山环山路，道路总长 20 千米，绿化面积 1450 亩，栽植各类苗木 36000 多株，种植各类花草 20 万平方米，总投资约 5000 万元。同时对首山进行了配套投资建设，修建环山公路 14.4 千米，投资 6800 万元；实施引水上山工程，在首山南坡打深水井 13 眼、首山周边打井 14 眼，投资 800 余万元，有效地解决了首山绿化用水问题；在此基础上吸引社会投资 3800 万元。

目前，首山初步恢复了生机，吸引了不少游客。襄城县首山治理办公室主任闫遂凌表示，因为首山生态得到治理和修复，吸引了在外闯荡的有志之士回乡创业，另外一些客商纷纷到乡镇签约投资。

襄城县以首山为依托，还于 2018 年 4 月、2019 年 4 月举办了两届首山油菜花旅游文化节。第一届文化节累计接待游客超过 36 万人次，与客商签约 27 个项目，实现招商引资 50.7 亿元。第二届首山油菜花旅游文化节期间，还举行了体彩 · 环中原 2019 “五环体育杯” 自行车公开赛，接待省内外游客 73 万人次，签约项目 21 个，总投资 38.9 亿元。

“过去是靠山吃山，只能采采石头，现在群众有保护环境的意识了，靠旅游做生意，油菜花文化节上都自发地戴上红袖章为来自各方的朋友做向导。”闫遂凌告诉记者。

# 从穷山恶水到樱桃满树　襄城首山大变样

2019-04-22　09：11：00　映象网

映象网讯（燕子丹　文／图）　4月20日下午，由河南省委网信办与省自然资源厅共同承办的“生态文明媒体行”首站走进襄城首山。据了解，目前，首山一期治理工程已经完工；二期工程强化绿化优先原则，预计4月底完成所有绿化任务。

**昔日的荒石山　现在的遍山绿**

首山位于襄城县城南2.5千米，东西长约6.80千米，南北宽约2.90千米，面积约19.72平方千米。因历史原因，山体已挖成千疮百孔，惨不忍睹，地质环境、生态环境、人文环境遭到严重破坏。

为保护首山生态环境，消除地质灾害隐患，改善人居环境，2014年9月，襄城县人民政府向河南省国土资源厅、省财政厅申报了“襄城县首山矿山地质环境治理工程”，治理范围14平方千米。

首山一期工程主要治理范围在刘家沟以东至黄沟以西，约1.98平方千米。以实施渣堆清理、采坑回填、坡面整治、护坡、集排水、道路、绿化等治理工程为总体治理方案，旨在消除该区域矿山地质环境问题和地质灾害隐患，修复地形地貌，恢复土地功能。首山一期治理工程已经完工。

为提升首山整体绿化水平，改变周边生态环境，在首山地质环境治理项目的基础上，当地县委、县政府把首山环山路绿化工程列入2018年重点工程。

绿化范围涉及山顶大道和首山环山路，道路总长20千米，绿化面积1450亩，栽植各类苗木36000多株，种植各类花草20万平方米，总投资约5000万元。

**“靠山吃山”新做法　旅游带动新产业**

在二期项目范围内的北姚樱桃沟，农户园内的樱桃长势喜人，正值成熟的季节，从周边县市赶来的游客络绎不绝。

樱桃沟成了周边市民的休闲新去处，农家乐产业也应运而生，在前往樱桃园的路上，周边村民摆出小摊卖小吃，收入也相当可观。人来人往，热闹得像赶大集。

据襄城县湛北乡党委委员高腾飞介绍说，北姚樱桃沟有农户 63 家，家家户户都种有樱桃，规模以上的樱桃园有 27 家。农户樱桃园年均收入达 5 万元，旺季时，农户日毛利润可达 5700 元。高腾飞感慨道：“在首山，原来的‘穷山恶水’变成了‘青山绿水’，相信有一天，终将会成为我们老百姓的‘金山银山’。”

# 首山：提升生态“颜值”的嬗变之路

2019-04-21　11:04:27　中原网

中原网讯（张思沛）　首山，因八百里伏牛山之首而得名，位于河南省襄城县城南 2.5 千米。自首山实施生态治理工程后，从此走上绿色生态发展的蜕变之路。

4 月 20 日下午，河南省委网信办、省自然资源厅联合开展“生态文明媒体行”网络主题活动的第一站启动，记者们走进襄城首山，重点采访襄城县首山地质环境治理项目，感受高质量发展中的首山散发的魅力。

记者们首先来到了首山脚下的樱桃园，放眼望去，一颗颗甜美的樱桃压弯了枝头。记者看到，来园中采摘樱桃的游客络绎不绝，试吃后都不乏赞美声。“原来我们首山这里都是石头山，村民当时没有环保意识，就上山打石头来卖或者盖房子用，山体千疮百孔，但是现在因为政府的环境治理项目，这里一点点变了容颜。”一位当地村民说。

据介绍，首山东西长约 6.80 千米，南北宽约 2.90 千米，面积约 19.72 平方千米。因历史原因，山体已挖成千疮百孔，惨不忍睹，地质环境、生态环境、人文环境遭到严重破坏。襄城县委、县政府为保护首山生态环境，消除地质灾害隐患，改善人居环境，2014 年以来向河南省财政厅、省国土资源厅申报了首山矿山地质环境治理项目。

**总投资 4.6067 亿元 高标准实施首山生态治理工程**

2014 年 9 月，襄城县人民政府向河南省国土资源厅、省财政厅申报了“襄城县首山矿山地质环境治理工程”。治理范围 14 平方千米（涉及湛北乡、山头店镇、紫云镇 3 个乡镇），总投资 4.6067 亿元；经省财政厅和省国土资源厅核定支持资金 1.983 亿元；同年 12 月 30 日获得批准支持资金 4000 万元。首山一期主要治理范围在刘家沟以东至黄沟以西，约 1.98 平方千米。总体治理方案为实施渣堆清理、采坑回填、坡面整治、护坡、集排水、道路、绿化等治理工程，消除该区域矿山地质环境问题和地质灾害隐患，修复地形地貌，恢复土地功能。

2017 年 7 月，由襄城县政府向河南省财政厅、省国土资源厅申报的“襄城县首山矿山地质环境治理（2018 年度）项目”于 2018 年 6 月批复。首山二期工程主要治理首山山体南坡葛沟至刘家沟区域，面积约 0.95 平方千米（1425 亩），总投资 2186.73 万元；其中省财政补助资金 1093.36 万元，地方配套资金 1093.37 万元。治理总体方案是采用危岩清理、地块平整、道路、蓄水池、生物等治理措施，消除地质灾害隐患，修复地形地貌，恢复土地功能。首山二期治理项目于 2019 年 1 月下旬完成施工招投标工作，施工单位随即进场施工。目前，已完成治理任务总工程量的 70%。

**修建环山公路 14.4 千米 多举措推进地方配套设施建设**

为提升首山整体绿化水平，改变周边生态环境，在首山地质环境治理项目的基础上，县委、县政府把首山环山路绿化工程列入 2018 年重点工程。绿化范围涉及山顶大道和首山环山路，道路总长 20 千米，绿化面积 1450 亩，栽植各类苗木 36000 多株，种植各类花草 20 万平

方米，总投资约 5000 万元。

县委、县政府对首山治理工程进行了配套投资建设，修建环山公路 14.4 千米，投资 6800 万元；实施引水上山工程，在首山南坡打深水井 13 眼、首山周边打井 14 眼，投资 800 余万元，有效地解决了首山绿化用水问题；在此基础上吸引社会投资 3800 万元，其中“百鸟园”建设投资 2000 万元，“欢乐谷”建设投资 1800 万元。

**“油菜花旅游文化节”　招商引资 50.7 亿元，齐力推动经济发展**

矿山地质环境治理项目的实施，现已凸显效果，矿山地质灾害隐患已彻底消除，生态环境已得到极大改善。为襄城县成功举办两届首山油菜花旅游文化节打下了良好基础；现在的首山已成为市民观光、旅游、休闲、娱乐的场所，同时也带动了首山周边乡村经济的快速发展。

据了解，近年来襄城县以首山为依托，于 2018 年 4 月、2019 年 4 月成功举办了两届首山油菜花旅游文化节。第一届文化节当日就吸引游客达 8 万人次，累计接待游客超过 36 万人次，与客商签约 27 个项目，实现招商引资 50.7 亿元。在第二届首山油菜花旅游文化节期间，隆重举行了体彩 · 环中原 2019 “五环体育杯”自行车公开赛，来自俄罗斯、加拿大、法国、澳大利亚等 11 个国家的专业及业余自行车选手千余人参加了比赛，这是襄城县第一次承办省级赛事，也是一次历史性的突破。文化节期间共接待省内外游客 73 万人次，日均接待游客 10 万人次，微信平台接收襄城籍在外人士、外地游客信息咨询、评论多达 10 万余条。第二届首山油菜花旅游文化节签约项目 21 个，总投资 38.9 亿元。其中，亿元以上项目 15 个。这些项目的签约，对全县经济社会发展产生了有力的推动作用，也将吸引更多的企业家朋友们到襄城投资兴业，共创辉煌、共享成果。

首山治理（一期）工程已经完工，首山治理（二期）工程强化绿化优先原则，计划 4 月底完成所有绿化任务，并加强监督苗木养护，确保成活率达到 100%；其他工程按照施工计划施工。下一步继续加强矿山地质环境治理工程监管力度，保质保量完成治理任务，确保治理后的效果切实达到矿山地质环境治理要求。

据襄城县相关负责人介绍，在上级有关部门的大力支持下，一定要把首山治理好、打造好，使其真正成为一个山体森林公园，成为襄城人民及周边群众休闲娱乐的好去处，再现绿水青山，收获金山银山。

# 走进襄城县首山，采访首山地质环境治理项目

2019-04-23 09:49:51 商都网

4 月 20 日下午，由河南省委网信办、省自然资源厅联合开展的“生态文明媒体行”网络主题活动，走进襄城县首山，采访首山地质环境治理项目。

据了解，到目前为止，首山一期治理工程已经完成；二期工程强化绿化优先原则，预计 4 月底完成绿化任务。

首山，位于襄城县城南 2.5 千米，东西长约 6.80 千米，南北宽约 2.90 千米，面积约 19.72 平方千米。因历史原因，山体已挖成千疮百孔，惨不忍睹，地质环境、生态环境、人文环境遭到严重破坏。

近年来，在市委、市政府的正确领导下，襄城县以首山为依托，于 2018 年 4 月、2019 年 4 月成功举办了两届首山油菜花旅游文化节。

襄城县副县级干部、首山治理办公室主任闫遂凌向记者介绍首山治理情况

据悉，第一届文化节当日就吸引游客达 8 万人次，累计接待游客超过 36 万人次，与客商签约 27 个项目，实现招商引资 50.7 亿元。第二届首山油菜花旅游文化节，共接待省内外游客 73 万人次，日均接待游客 10 万人次，微信平台接收襄城籍在外人士、外地游客信息咨询、评论多达 10 万余条。签约项目 21 个，总投资 38.9 亿元。其中，亿元以上项目 15 个。这些项目的签约，对全县经济社会发展产生有力的推动作用，也将吸引更多的企业家到襄城投资兴业，共创辉煌、共享成果。

闫遂凌表示：“我们有决心、有信心，把首山治理好，打造好，使其真正成为一个山体森林公园，成为襄城人民及周边群众休闲娱乐的好去处。”

# 襄城首山换新衣

2019-04-21　17:37:00　开封网

（武星光）　4月20日下午，“生态文明媒体行”采访团走进许昌市襄城县首山，实地探访首山经过地质环境治理，如何旧貌换新颜。

襄城首山，位于襄城县城南2.5千米，东西长约6.80千米，南北宽约2.90千米，面积约19.72平方千米。因历史原因，山体已挖成千疮百孔，惨不忍睹，地质环境、生态环境、人文环境遭到严重破坏。

近年来，尤其是党的十八大以来，襄城县委、县政府在市委、市政府的正确领导下，深入学习贯彻习近平新时代中国特色社会主义思想，以习近平生态文明思想为指导，牢固树立绿色发展和绿水青山就是金山银山的理念，主动作为，担当起生态保护修复的主责，积极开展矿山生态保护修复治理，大力推进露天矿山综合整治，加快绿色矿山建设、矿山地质环境保护。

襄城县政府通过一期和二期工程治理，采取渣堆清理、采坑回填、坡面整治、护坡、集排水、道路、绿化等，消除矿山地质环境问题和地质灾害隐患，修复地形地貌，逐渐恢复土地功能，生态环境得到极大改善。现在的首山已成为市民观光、旅游、休闲、娱乐的场所，同时也带动了首山周边乡村经济的快速发展。

此外，襄城县以首山为依托，于2018年4月、2019年4月成功举办了两届首山油菜花旅游文化节。第一届文化节当日就吸引游客达8万人次，累计接待游客超过36万人次，与客商签约27个项目，实现招商引资50.7亿元。

第二届首山油菜花旅游文化节，共接待省内外游客73万人次，日均接待游客10万人次，微信平台接收襄城籍在外人士、外地游客信息咨询、评论多达10万余条。签约项目21个，总投资38.9亿元。其中，亿元以上项目15个。这些项目的签约，对该县经济社会发展产生有力的推动作用，也吸引了更多的企业家到襄城投资兴业。

# 再现绿水青山　收获金山银山

## ——“生态文明媒体行”走进襄城首山

2019-04-21　10:12:14　和讯网

4 月 20 日下午，河南省委网信办、省自然资源厅联合开展“生态文明媒体行”网络主题活动，邀请中央新闻网站、省主要新闻网站和省主要传统媒体新媒体平台等 26 家新闻媒体，重点采访襄城县首山地质环境治理项目。

襄城县委、县政府为保护首山生态环境，消除地质灾害隐患，改善人居环境，2014 年以来向河南省财政厅、省国土资源厅申报了首山矿山地质环境治理项目。

### 高标准实施首山生态治理工程

首山，位于襄城县城南 2.5 千米，东西长约 6.80 千米，南北宽约 2.90 千米，面积约 19.72 平方千米。因历史原因，山体已挖成千疮百孔，惨不忍睹，地质环境、生态环境、人文环境遭到严重破坏。

2014 年 9 月，襄城县人民政府向河南省国土资源厅、省财政厅申报了“襄城县首山矿山地质环境治理工程”。治理范围 14 平方千米（涉及湛北乡、山头店镇、紫云镇 3 个乡镇），总投资 4.6067 亿元；经省财政厅和国土资源厅核定支持资金 1.983 亿元；同年 12 月 30 日获得批准支持资金 4000 万元。首山一期主要治理范围在刘家沟以东至黄沟以西，约 1.98 平方千米。总体治理方案为实施渣堆清理、采坑回填、坡面整治、护坡、集排水、道路、绿化等治理工程，消除该区域矿山地质环境问题和地质灾害隐患，修复地形地貌，恢复土地功能。

2017 年 7 月，由襄城县政府向河南省财政厅、国土资源厅申报的“襄城县首山矿山地质环境治理（2018 年度）项目”于 2018 年 6 月批复。首山二期工程主要治理首山山体南坡葛沟至刘家沟区域，面积约 0.95 平方千米（1425 亩），总投资 2186.73 万元；其中河南省财政补助资金 1093.36 万元，地方配套资金 1093.37 万元。治理总体方案是采用危岩清理、地块平整、道路、蓄水池、生物等治理措施，消除地质灾害隐患，修复地形地貌，恢复土地功能。首山二期治理项目于 2019 年 1 月下旬完成施工招投标工作，施工单位随即进场施工。目前，已完成治理任务总工程量的70%。

**多举措推进地方配套设施建设**

为提升首山整体绿化水平，改变周边生态环境，在首山地质环境治理项目的基础上，襄城县委、县政府把首山环山路绿化工程列入2018年重点工程。绿化范围涉及山顶大道和首山环山路，道路总长20千米，绿化面积1450亩，栽植各类苗木36000多株，种植各类花草20万平方米，总投资约5000万元。

襄城县委、县政府对首山治理工程进行了配套投资建设，修建环山公路14.4千米，投资6800万元；实施引水上山工程，在首山南坡打深水井13眼、首山周边打井14眼，投资800余万元，有效地解决了首山绿化用水问题；在此基础上吸引社会投资3800万元，其中"百鸟园"建设投资2000万元，"欢乐谷"建设投资1800万元。

**齐协力推动周边经济社会发展**

矿山地质环境治理项目的实施，现已凸显效果，矿山地质灾害隐患已彻底消除，生态环境已得到极大改善，为襄城县成功举办两届首山油菜花旅游文化节打下了良好基础。现在的首山已成为市民观光、旅游、休闲、娱乐的

襄城县油菜花节

场所，同时也带动了首山周边乡村经济的快速发展。

近年来，在市委、市政府的正确领导下，襄城县以首山为依托，于2018年4月、2019年4月成功举办了两届首山油菜花旅游文化节。第一届文化节当日就吸引游客达8万人次，累计接待游客超过36万人次，与客商签约27个项目，实现招商引资50.7亿元。在第二届首山油菜花旅游文化节期间，隆重举行了体彩·环中原2019“五环体育杯”自行车公开赛，来自俄罗斯、加拿大、法国、澳大利亚等11个国家的专业及业余自行车选手千余人参加了比赛，这是襄城县第一次承办省级赛事，也是一次历史性的突破。文化节期间共接待省内外游客73万人次，日均接待游客10万人次，微信平台接收襄城籍在外人士、外地游客信息咨询、评论多达10万余条。第二届首山油菜花旅游文化节签约项目21个，总投资38.9亿元。其中，亿元以上项目15个。这些项目的签约，对全县经济社会发展产生有力的推动作用，也将吸引更多的企业家到襄城投资兴业，共创辉煌、共享成果。

首山治理（一期）工程已经完工；首山治理（二期）工程强化绿化优先原则，计划4月底完成所有绿化任务，并加强监督苗木养护，确保成活率达到100%；其他工程按照施工计划施工。下一步继续加强矿山地质环境治理工程监管力度，保质保量地完成治理任务，确保治理后的效果切实达到矿山地质环境治理要求。

# 襄城县首山：打好矿山地质环境治理战 带动乡村经济快速发展

2019-04-21 一点资讯郑州

（李明亮） 4月20日下午，由河南省委网信办、省自然资源厅联合开展的“生态文明媒体行”网络主题活动，首站来到了襄城县首山，采访首山地质环境治理项目。

襄城县副县级干部、首山治理办公室主任闫遂凌向记者介绍首山治理情况

首山，位于襄城县城南2.5千米，东西长约6.80千米，南北宽约2.90千米，面积约19.72平方千米。因历史原因，山体已挖成千疮百孔，惨不忍睹，地质环境、生态环境、人文环境遭到严重破坏。

近年来，襄城县人民政府通过一期和二期工程治理，采取渣堆清理、采坑回填、坡面整治、护坡、集排水、道路、绿化等，消除矿山地质环境问题和地质灾害隐患，修复地形地貌，逐渐恢复土地功能，生态环境得到极大改善。现在的首山已成为市民观光、旅游、休闲、娱乐的场所，同时也带动了首山周边乡村经济的快速发展。

修复中的首山环山路

近年来，在市委、市政府的正确领导下，襄城县以首山为依托，于2018年4月、2019年4月成功举办了两届首山油菜花旅游文化节。第一届文化节当日就吸引游客达8万人次，累计接待游客超过36万人次，与客商签约27个项目，实现招商引资50.7亿元。第二届首山油菜花旅游文化节，共接待省内外游客73万人次，日均接待游客10万人次，微信平台接收襄城籍在外人士、外地游客信息咨询、评论多达10万余条。签约项目21个，总投资38.9亿元。其中，亿元以上项目15个。这些项目的签约，对全县经济社会发展产生了有力的推动作用，也将吸引更多的企业到襄城投资兴业，共创辉煌、共享成果。

下一步，襄城县人民政府将继续加强矿山地质环境治理工程监管力度，保质保量地完成治理任务，确保治理后的效果切实达到矿山地质环境治理要求。

首山村民通过种植樱桃来发展乡村旅游

乡村旅游带动村民致富

# 平顶山篇

# 河南宝丰：由“黑”到“绿” 废弃矿区转型记

2019-04-22 人民网

人民网郑州4月22日电（张毅力） “正对面是樱桃树，紧挨着的是桃树和柿树，等再过上几年，咱大营镇沉陷区也能发展出个花果园来！”在大营镇老龙窝采煤沉陷区，宝丰县自然资源局党组书记、局长张义辉向记者介绍。

宝丰县因境内矿藏丰富而得名；黑色金子——煤，在早期开发中为其带来经济效益，一度成为宝丰县的支柱性产业，但伴随粗放型的开采方式，矿区内生态问题凸显，转型修复迫在眉睫。

**清查现状 政策引导**

矿区开采主体大到国有，小到个体，修复工作怎么下手？从哪儿下手？成了无绪难题。为此，宝丰县成立以县委书记、县长任组长的领导小组，全面开展露天矿山开发利用现状清查，借助卫星地图，逐一对照图斑核查，落实责任主体矿区废石废渣处理任务。

“掌握实际开采情况后，我们先后印发《露天矿山综合整治实施方案》《建立县级领导包矿和乡级领导驻矿责任制度》《露天矿山复工验收工作方案》等系列文件，明确全县露天矿山综合整治总体目标和职责分工，‘三级’包矿，开展修复工作。”张义辉介绍。

## 一矿一策　多元融合

“近年来，宝丰县高度重视生态文明建设。”宝丰县委书记、县长许红兵说，“在矿山整治方面，我们坚持一矿一策，宜耕则耕、宜林则林原则，并行实施‘谁开采谁治理’‘边开采边治理’的措施，针对无主矿山，咱政府兜底治理。”

据了解，宝丰县在整治无主矿山工作中，创新方法，以国有公司为平台，吸进社会资本投资生态修复和绿化，探索出矿区治理的“宝丰模式”。

## 复垦造林　新生动力

矿区修复进程中，宝丰县以杨庄镇、张八桥镇等 4 个乡镇为典型，总投资 2.11 亿元，规模 7000 余亩，实施后将新增耕地 5800 余亩，已完成验收 3285 亩；在修复采煤沉陷区进程中，以大营镇老龙窝为典型，依托地形地貌，蓄水建湖、栽树育林；在露天矿山综合整治中，治理面积 2000 亩，植树 12 万株，力求将工矿废弃区底色由“黑”转“绿”。

平顶山市因矿而兴，宝丰县、郏县等曾以矿为业，并渐渐依托这片土地成长起来。“现在，要发展，同时也要让这片土地长青下去，共同打造出绿水青山宜居城。”平顶山市副市长张弓表示。

# 河南郏县：矿山修复引“绿”驻

2019-04-23 14:43:00 人民网 – 河南频道

人民网平顶山4月23日电（张毅力） “修复任务刚下达时，不仅企业没信心，连老百姓也觉得不可能。”郏县茨芭镇镇长刘世杰说，“山上石头遍布，树坑刨开了没有土，年年栽树不见树。”

郏县，位于河南省平顶山市，总面积737平方千米，初步探明具备开采价值的矿产有19种，储量在40亿吨以上，历经粗放式开发阶段后，生态环境遭到破坏，采矿区尤为典型，加之土壤贫瘠，修复工作任务繁重。

### 三大难题 三项机制

2018年5月，郏县着力开展矿山修复工作，可树往哪里栽？钱从哪里来？后期如何管护？成了工作实施的“拦路虎”。

浇灌树木（马千慧 摄）

“为破解树往哪里栽的难题，由政府主导，利用土地流转、矿区恢复、荒山绿化解决；资金筹措方面，积极争取，主动与社会合作，以‘谁修复，谁受益’的原则，动员各界参与。”郏县县委书记丁国浩说，“最难的是后期管护，县里成立了管护组，同时还引进市场化管理，建立起‘县—乡—村—管护员’的四级管护组织。”

为确保矿山修复工作进度，郏县成立绿化委员会，并行三项机制，建立起以县委书记任第一主任的领导机制，以县领导分乡包村的督导机制，表彰先进，通报落后的奖惩机制，为修复工作的开展提供保障。

**内外双轨　督察强化**

“矿区治理是一项攻坚任务，郏县创新提出区内修复、区外补偿双轨机制，促进修复工作落到实处。”郏县自然资源局局长李政杰介绍。

据了解，区内修复、区外补偿机制是指在企业采矿坐标范围 500 米以内，边开采边修复，开采完后进行全面修复；开采区外延 500 米，作为补偿区，无偿进行修复，同时要求常绿树种在 80% 以上，成活率在 70% 以上，三年内对不能成活树木进行补植。

为提高修复工作质量，郏县采取周通报、月排名等方式，督促涉矿乡镇开展无主坑口恢复治理工作，矿山企业推进区内外修复补偿进度，对不能按时完成复绿任务的企业，采取一次通报、两次警告、三次停产整顿等措施。

**松柏攀石　荒山绿驻**

荒山矿区地质环境复杂，以郏县西蛇山为例，石块裸露，树种多为松树、柏树。树苗栽种后浇灌是难题，浇水前把石块扒开，浇完后再将石块封住，在蓄水坑挖掘前，灌溉水源全靠水罐车补给，工作量大。经过六次反复浇灌，西蛇山所栽树苗目前成活率达 80%。

绿水青山就是金山银山，郏县在“区内修复、区外补偿”模式下，宜耕则耕，宜林则林。去冬今春，已累计投入修复资金 1.2 亿元，植树 200 多万株，完成恢复治理及生态补偿 2.1 万亩。

# 河南宝丰：综合治理露天矿山　恢复绿水青山

2019-04-22　17:28:00　新华网－河南频道

新华网郑州4月22日电（王堃松）　4月21日下午，由河南省委网信办、省自然资源厅联合开展的“生态文明媒体行”网络主题活动走进宝丰县，考察该县矿山生态环境综合整治工作。

据介绍，该县结合实际情况，制订《露天矿山综合整治实施方案》，落实“一矿一策”生态修复方案，明确全县露天矿山综合整治总体目标和相关要求，强化监督，加大整治，以工矿废弃地综合整治、露天矿山综合整治、采煤沉陷区综合治理等为抓手，切实改善全县矿区生态环境。

## 工矿废弃地整治　实现“变废为宝”

宝丰县张八桥镇闫洼村附近的一片丘陵地曾植被茂密，因地下有煤，数十个小煤矿开矿挖煤，生态环境遭到严重破坏。宝丰县根据县域土地利用现状，制定《宝丰县工矿废弃地复垦利用专项规划（2016—2020年）》，实施了张八桥镇等4个乡镇5个综合整治项目，新增耕地1539亩，新增耕地率为91%。目前，宝丰县已成功探索出了“平台融资—土地整治—收益共享”的工矿废弃地整治模式，取得了良好的生态效益、经济效益和社会效益。

### 露天矿山综合治理　恢复绿水青山

该县还制订了《宝丰县露天矿山企业综合整治复工验收实施方案》，对证照齐全、手续完备、经整改达到复工条件的露天矿山企业，由县露天矿山企业综合整治复工验收工作领导小组进行实地验收，对责任主体灭失和无法查清责任人的历史遗留采矿点，委托有资质的中介机构进行勘察设计，国有公司投资进行生态修复和绿化。

据悉，全县共有持证矿山14座，按照“谁开采谁保护、边开采边治理”的原则，依法履行矿山地质环境保护与治理义务。目前，宝丰县露天矿山企业已通过申请地质环境恢复治理基金、自筹资金等方式，按照宜耕则耕、宜林则林、宜草则草和因地制宜、“一矿一策”的原则进行整治。目前，已治理面积2000多亩，植树12万株，硬化道路1020米。

### 采煤沉陷区治理　打造秀美“花果山”

为改善生态环境和人居环境，扭转因早期采矿形成的采煤沉陷区对当地群众生活、生命财产安全的严重威胁，宝丰县按照“谁治理、谁受益”的工作思路，对大营韩庄矿区开展地质环境综合治理。

据悉，该县先后实施林果规模建设，种植樱桃、石榴、柿子、核桃等果树1000余亩；实施工矿废弃地治理、荒山造梯田、老村庄复垦和土地综合整治，新增耕地3400亩；实施水源整治，利用塌陷低洼挖湖引水；实施拆旧建新，有效地改善村民的居住环境。

通过对项目区2.93平方千米的系统整治，可有效地消除地质灾害隐患，从根本上改变沉陷区的现状，恢复矿区生态环境，使过去脏、乱、差的工矿废弃地变成了风景秀美、生态宜居的“花果山”。

# 河南郏县探索露天矿山生态修复新模式

2019-04-22　14:31:00　新华网 - 河南频道

新华网郑州4月22日电（王堃松）　4月21日上午，由河南省委网信办、省自然资源厅联合开展的“生态文明媒体行”网络主题活动走进郏县，考察郏县矿山生态环境综合整治工作。

据了解，郏县地处河南省中部偏西，总面积737平方千米，耕地66.8万亩。该县物产资源丰富，目前全县初步探明有开采价值的矿产资源达19种，储量在40亿吨以上。在经济利益推动下，矿山开采规模急剧扩大，致使生态环境遭到不同程度的破坏。

面对全县矿山“重开发，轻治理；只破坏，不修复”等问题，郏县县委、县政府结合实际情况编制《矿山地质环境恢复与综合治理规划》，明确全县矿山恢复治理工作目标，动员涉及的各乡镇、各矿山企业大力开展矿山修复和生态补偿工作。探索恢复治理新机制，实施“区内修复　区外补偿”双轨机制。

据介绍，“区内修复”主要是矿山企业在采区内进行复土复绿，同时对矿区道路两侧植树绿化、悬崖峭壁挂网复绿。恢复和改善被破坏的植被，地形地貌等，逐步构建起“山水林田湖草”生命共同体。各矿山开采面资源没有采尽、没有完成生态修复的，一律不得再开新坑口、新采面；对于一些无主废弃坑口，则由各乡镇政府开展恢复治理工作。

然而，由于露天矿区土壤贫瘠、碎石裸露、干旱缺水，绿化植被成活率往往不高。为了能保证种植的30万株绿化树成活，每天投入水车30台次，不间断浇水。为了保证较高的成活率，又在蛇山生态修复补偿区安装了10余个水罐进行储水。

“区外补偿”主要是按照“谁破坏谁治理、边开采边治理”的原则。郏县在完成矿区内恢复治理任务的同时，把矿区边沿周围500米范围纳入义务植树区。对于一些交叉重复地区或者周围不到500米的范围，由政府部门协调，另外选择生态补偿区，以完成生态补偿任务。目前全县累计投入1.2亿元，完成恢复治理及生态补偿2.1万亩。

据悉，全县累计完成造林6.117万亩，其中通过矿山生态修复完成造林2万多亩。郏县矿山修复和生态补偿虽然取得了一些成效，但露天矿山综合整治任务依然繁重。下一步，郏县将继续创新理念，加强后期管护，强力推进绿色矿山建设，早日实现“绿满郏县、绿秀郏县、绿美郏县、绿富郏县”。

# 河南平顶山：昔日“煤山”变成今日“花果山”

2019-04-27 18:34:00 光明日报客户端

（丁 艳） 河南平顶山因煤而兴，因山得名。平顶山因自然资源丰富为当地创造了过千亿元的产值，但也由于对自然资源的开采，承受过巨大的环境创伤。然而，昔日伤痕累累的平顶山，如今已经“草木蔓发，春山可望”！这令人惊喜的变化是怎么实现的呢？

## 实施“区内修复、区外补偿”的双轨制

近年来，平顶山郏县督促指导全县矿山企业编制完成《矿山地质环境保护与土地复垦方案》《一矿一策综合整治方案》等，为矿山绿化提供了明确目标和科学依据；始终坚持“谁治理、谁受益”的原则，大力探索构建“政府主导、企业主责、群众参与、专业指导”的恢复治理新模式；实施“区内修复、区外补偿”双轨制。政府部门对矿山企业实行“三书约束”，即签订“依法依规开采承诺书”“依法依规开采告知书”“问题整改通知书”。通过创新工作机制，解决了“钱从哪里来、树往哪里栽”的根本问题。

“经过近两个月的努力，中蛇山梯田工程全部完成，并及时挖坑植树。虽然有时觉得确实有点苦、有些累，但一想到绿化荒山是给老百姓办好事，是造福子孙后代的大事，心里就充满了自豪感。”郏县茨芭镇铁炉村监委会副主任冯朝说，作为一名党员，能在村里的山上参与国土绿化这项伟大工程，心里很充实、很有干劲。

通过广大干部群众的不懈努力，“区内修复露天矿区披新绿、区外补偿昔日荒山绿满园”的面貌已初步形成，东蛇山、中蛇山、西蛇山、莲花山、蛤蟆山、石厥山、二龙山、紫云山、仙女寨、梁家沟、鲁医河两岸已累计植树 200 多万株。全县累计投入 1.2 亿元，完成恢复治理及生态补偿 2.04 万亩。

## 按照“因地制宜、一矿一策”的原则进行整治

根据《宝丰县工矿废弃地复垦利用专项规划（2016—2020 年）》，平顶山宝丰县实施工矿废弃地复垦项目 5 个，总投资 2.11 亿元，总规模 7000 多亩，实施后新增耕地 5800 余亩。目前已复垦 3300 余亩，较好地形成了“平台融资—

土地整治—收益共享”的整治模式。

宝丰县露天矿山企业通过申请地质环境恢复治理基金、自筹资金等方式，按照因地制宜、一矿一策的原则进行整治。目前，已治理面积 1821 亩，植树 11 万株，硬化道路 1020 米，投入资金 3729 万元，实现了矿区生态环境明显好转，真正达到绿色建设。对于无主矿山，实行政府兜底。宝丰县创新工作方法，以国有公司为平台，吸纳社会资本投资生态修复和绿化，探索出了“宝丰模式”，成为全省矿山生态治理的三大模式之一。

宝丰县按照“谁开采谁治理、谁治理谁受益”的原则，吸纳社会资金 1.73 亿元，投资 100 多万元种植樱桃 600 亩、石榴 200 亩、柿子 100 亩、核桃 100 亩，使项目区绿化率达到优质生态环境地区标准，并产生可观的经济效益。政府部门开展荒山造梯田、老村庄复垦工作，新增土地 3400 亩以上。宝丰县依托地形地貌建设九龙湖，不仅改善了当地的生态环境，还解决了周边地区雨季内涝情况。宝丰县的这一系列举措，使过去脏、乱、差的工矿废弃地变成了风景秀美、生态宜居的“花果山”。

为了方便浇灌植被，郏县在西蛇山挖建了蓄水池

“近年来，平顶山的国土绿化系统走在河南省的前列。我们坚持矿山复绿，河道治理和道路绿化，始终坚持生态效益与经济效益的统一；坚持工程治理与生物治理的统一，能使用生物手段治理的就不用工程手段治理，在治理过程中减少污染。”平顶山市副市长张弓表示，经济要发展，环境要保护，这两者可以达到高度统一。

# 创新理念让平顶山生态包袱变生态优势

2019-04-23 09:19:00 央广网河南分网

央广网河南分网4月23日消息（陈文杰 文/图） 4月21日，由河南省委网信办与河南省自然资源厅共同承办“生态文明媒体行”活动采访团来到平顶山市，实地探访郏县、宝丰县，实地采访生态补偿区采访露天矿山治理的成效和经验。

## 郏县：“区内修复 区外补偿”见成效

据了解，郏县现有矿山企业27个，其中煤矿2个，非煤露天矿山25个，生产矿山7个。在经济利益的推动下，郏县矿山开采规模急剧扩大，致使生态环境的破坏日益严重。采石场残垣断壁，满目疮痍。

郏县县委书记丁国浩介绍该县中蛇山生态修复补偿区情况

据介绍，郏县创新“区内修复、区外补偿”的生态模式，使企业成为造林绿化主体，既减轻了政府财政压力，也增加了矿区的绿化面积，为当地群众带来了绿色收益，实现了政府、企业、群众三方受益的效果，取得了良好的社会效益、生态效益、经济效益。

通过不懈努力，郏县露天矿区已旧貌换新颜，该县已累计植树200多万株。特别是利用去冬今春植树季节，全县累计投入1.2亿元，完成恢复治理及生态补偿2.1万亩。以前的荒山秃岭，如今已经“草木蔓发，春山可望”。

## 宝丰县：矿山整治开创“五个第一”

在宝丰县，采访团一行探访了该县张八桥工矿废弃地复垦整治项目、大营老龙窝采煤沉陷区治理项目、永顺铝土矿露天矿山项目。

据介绍，宝丰县在全市率先实现露天矿山综合整治的五个第一，即第一

郏县西蛇山矿山治理初显成效

个出台露天矿山综合整治方案，第一个成立露天矿山整治领导小组，第一个完成“一矿一策”编制，第一个落实“三级”包矿制度，第一个按“一矿一策”对矿山企业停工整改，形成了“宝丰模式”，成为全省生态治理“三大模式”之一。

2015 年以来，宝丰县按照“谁治理、谁受益”的工作思路，吸纳社会资金 1.73 亿元对大营韩庄矿区开展矿山地质环境综合治理，先后实施林果规模建设，种植核桃、樱桃等果树 1000 亩，通过项目区 2.93 平方千米的系统整治，过去脏、乱、差的工矿废弃地变成了风景秀美的“花果山”。

“过去的‘生态包袱’变成了如今的‘生态优势’。”平顶山市副市长张弓表示，平顶山将坚持走经济效益与生态效益统一发展的道路，走市场化治理道路，严格遵循“谁受益、谁治理”的原则，打造后续持续发力的经济效益、巩固治理效果，形成永续发展的良好结果。

恢复中的宝丰县铝土矿复垦区

# 平顶山宝丰县　一矿一策把工矿废弃地变成风景秀美“花果山”

2019-04-21　22:23:31　中华网河南

4 月 21 日下午，由河南省委网信办、省自然资源厅联合开展的“生态文明媒体行”网络主题活动，走进平顶山市宝丰县，采访宝丰县露天矿山综合整治、工矿废弃地复垦及采煤沉陷区综合治理情况。

## 一矿一策打好组合拳

据了解，近年来宝丰县露天矿山综合整治工作结合全县实际，在全市率先实现“五个第一”，即第一个出台露天矿山综合整治方案，第一个成立露天矿山整治领导小组，第一个完成一矿一策编制，第一个落实“三级”包矿制度，第一个按一矿一策对矿山企业停工整改。通过实行整治工作日报告、周排名、月总结制度，严格落实“三级”包矿责任制，打好约谈、通报“组合拳”，彻底堵塞了矿山安全生产、环境保护监管的漏洞。

经过认真核查，全县共有持证矿山 14 座，其中省级发证 6 座，市级发证 3 座，县级发证 5 座，开采矿种以铝土矿和水泥灰岩矿为主。

宝丰县大营镇韩庄矿区修复状况良好

整治工作中，县委书记、县长多次主持召开全县露天矿山整治工作动员会、现场会，引导企业认清形势，担起主责，将偿还生态环境恢复治理“旧账”作为当前的压倒性任务，按照“谁开采谁保护、边开采边治理”的原则，依法履行矿山地质环境保护与治理义务。

**加快采煤沉陷区治理，打造秀美“花果山”**

据平顶山市副市长张弓介绍，2015年以来，宝丰县按照“谁治理、谁受益”的工作思路，吸纳社会资金1.73亿元对大营镇韩庄矿区开展矿山地质环境综合治理。投资100多万元种植樱桃600亩、石榴200亩、柿子100亩、核桃100亩等，使项目区绿化率达到优质生态环境地区标准。投资500多万元开展荒山造梯田、老村庄复垦，新增土地3400亩以上。依托地形地貌建设九龙湖，不仅改善了当地的生态环境，还解决了周边地区雨季内涝情况。通过对项目区2.93平方千米的系统整治，使过去脏、乱、差的工矿废弃地变成了风景秀美、生态宜居的“花果山”。

平顶山市副市长张弓向媒体介绍矿山修复情况

2019年初，宝丰县与市自然资源和规划局在张八桥镇山张村等，共建千余亩山区丘陵地作为生态公益林基地，通过综合整治，改良土壤结构，种植绿化苗木，改善生态环境，种植黄桃、核桃等优质果树增加群众收入，实现一举多效。计划在3到5年内，把公益林打造成“三季有花，四季有果”的生态示范基地。目前，一期工程已投资约100万元，流转土地200亩，植树1万余株，进入正常管护阶段。

# 平顶山市郏县：实施“区内修复、区外补偿”双轨制　昔日荒山绿满园

2019-04-21　22:16:44　中华网河南

郏县县委书记丁国浩现场向媒体介绍郏县露天矿山生态修复情况

4月21日上午，由河南省委网信办、省自然资源厅联合开展的“生态文明媒体行”网络主题活动，第二站走进平顶山市郏县，采访郏县露天矿山生态修复情况。

在采访现场，县委书记丁国浩向媒体介绍了郏县中蛇山和西蛇山的矿山生态修复情况。

## 因地制宜、因矿施策　“谁治理、谁受益”

据丁国浩介绍，近年来，郏县政府充分调动乡镇村、企业和社会的积极性，因地制宜、因矿施策，按照“谁治理、谁受益”的原则，大力探索构建“政府主导、企业主责、群众参与、专业指导”的恢复治理新模式。实施“区内修复、区外补偿”双轨制，明确要求所有持证生产矿山矿区内无条件修复，矿区外延500米无条件补偿（不足的必须异地补偿）。同时要求常绿树种必须在80%以上，成活率必须在70%以上。

通过不懈努力，“区内修复露天矿区披新绿、区外补偿昔日荒山绿满园”的面貌已初步形成，东蛇山、中蛇山、西蛇山、莲花山、蛤蟆山、石厥山、二龙山、紫云山、仙女寨、梁家沟、鲁医河两岸已累计植树200多万株。特别是利用去冬今春植树季节，全县累计投入1.2亿元，完成恢复治理及生态补偿2.04万亩。

**政府、企业、群众三方受益**

以前的荒山秃岭，如今已经“草木蔓发，春山可望”。实施的“区内修复、区外补偿”模式，使企业成为造林绿化主体，既减轻了政府的财政压力，也增加了矿区的绿化面积，为当地群众带来了绿色收益，实现了政府、企业、群众三方受益的效果，取得了良好的社会效益、生态效益、经济效益。

社会效益增加了。去冬今春，全县累计完成造林 6.117 万亩，而通过矿山生态修复，就完成造林 2 万多亩，绿满郏县、绿美郏县，更近一步。

生态环境变好了。昔日矿渣遍布、灰土飞扬的现象得到改善，曾经的荒山披上了浓浓的“绿衣”。

经济效益提高了。去冬今春，共计 20 万人次群众投入恢复治理和生态补偿攻坚战中，村民通过参与植树、浇水等，平均每人每天有近百元收入；耕地林地面积增加，种植核桃、桃树等林果，也能够增加当地居民收入。

露天矿山综合整治任务任重道远，下一步，郏县将继续创新理念，加强后期管护，强力推进绿色矿山建设，让昔日荒山绿满园。

# 昔日“煤城”变“绿城”
# 平顶山走出一条矿山治理的新路子

2019-04-22 16:53:00 中工网

（闵亚平 董君亚） 中工网讯 碧水盈盈、绿草茵茵、青山郁葱、花香鸟鸣，昔日被灰尘笼盖的“煤城”平顶山如今已变成风景如画的“绿城”。4月21日，河南“生态文明媒体行”采访团来到平顶山市，实地探访郏县、宝丰县生态补偿区及湛河治理工程、白龟湖国家湿地公园等6个地方，切身感受平顶山露天矿山治理的成效和经验。

**郏县：“区内修复、区外补偿”双轨并行成效显**

郏县是媒体团在平顶山探访的第一站。在当地，记者看到，以前的荒山秃岭，如今草木蔓发、春山可望。据介绍，目前，该县已累计投入1.2亿元，完成恢复治理及生态补偿2.1万亩。其境内东蛇山、中蛇山、西蛇山、莲花山、蛤蟆山、石厥山、二龙山、紫云山、仙女寨、梁家沟和鲁医河两岸已累计植树200多万株。去冬今春，全县共计20万人次群众投入恢复治理工作中，平均每人每天有近百元收入。

这些成果的取得得益于郏县对治理方案的科学决策、对治理工作理念的大胆创新、对治理过程的严抓严查。为了实现对露天矿山的全面诊治，该县聘请专家团队，对郏县结合实际编制了《矿山地质环境恢复与综合治理规划》，并创新实施“区内修复、区外补偿”的双轨机制。

“区内修复”主要是矿山企业在采区内进行复土复绿，同时对矿区道路两侧植树绿化、悬崖峭壁挂网复绿，“区外补偿”主要是按照“谁破坏、谁治理”的原则，要求全县所有持证生产矿山在完成矿区恢复治理任务的同时，充分利用冬春有利时机，把矿区边沿周围500米范围纳入义务植树区，持证未生产矿山，在矿山生产前，必须完成矿区边沿周围500米范围内植树造林工作。

与此同时，郏县自然资源部门联同县督察部门，明确工作要求，引入惩罚机制，采区周通报、月排名等方式，督促各涉矿乡镇、企业开展矿山整治工作。

### 宝丰县：矿山整治急先锋，率先开创“五个第一”

宝丰县也是平顶山矿山治理的典型，在探访过程中，记者了解到，宝丰县在全市率先实现露天矿山综合整治的五个第一，即第一个出台露天矿山综合整治方案，第一个成立露天矿山整治领导小组，第一个完成“一矿一策”编制，第一个落实“三级”包矿制度，第一个按“一矿一策”对矿山企业停工整改。再加上“三级”包矿、“两级”包片等组合制度，形成了“宝丰模式”，成为河南省生态治理“三大模式”之一。

据介绍，2015年以来，宝丰县按照“谁治理、谁受益”的工作思路，吸纳社会资金1.73亿元对大营镇韩庄矿区开展矿山地质环境综合治理，先后实施林果规模建设，种植核桃、樱桃等果树1000亩，通过项目区2.93平方千米的系统整治，过去脏、乱、差的工矿废弃地变成了风景秀美的“花果山”。

同时，宝丰县总投资2.11亿元，持续推进工矿废弃地整治，实现了“变废为宝”，实施后新增耕地5800亩。宝丰县将矿山分为有证矿山和无证矿山，分别采用综合整治和政府兜底的方式针对性处理，目前，已治理面积2000多亩，植树12万株，硬化道路1020米。今年年初，宝丰县与市自然资源和规划局共建千亩公益林，计划在3到5年内，把公益林打造成“三季有花、四季有果”的生态示范基地，目前，一期工程已投资100万元，流转土地200亩，植树1万余株，进入正常管护阶段。

### 三大手段筹资金，破解矿山治理头号难题

资金问题是露天矿山治理的头号难题，针对此问题，平顶山市近年来积极探索构建政府、企业、社会共同参与、共同发力的新机制，走出了一条矿山地质环境综合治理的多元化路径，有效地解决了资金来源问题。

目前，全市共完成恢复治理面积2.3万余亩，植树231.6万余株，清理碎石6万余立方米，硬化道路1260米；对全市49处采矿废石、废渣等固体废弃物通过移除、覆土绿化、浇水喷淋、合规储存、建挡矸墙等方式进行综合治理；依法取缔露天矿山3座。

“过去的‘生态包袱’变成了如今的‘生态优势’。”平顶山市副市长张弓表示，平顶山将坚持走经济效益与生态效益统一发展的道路，把其统一到治理过程中，走市场化治理道路，严格遵循“谁受益、谁治理”的原则；统一到后续管理中去，打造持续发力的经济效益，巩固治理效果，形成永续发展的良好结果；统一到后续发展中去，发展生态旅游业，形成经济发展、生态保护、人民群众满意的良好局面。

# “区内修复、区外补偿”郏县矿山生态治理干出新经验

2019-04-22 01:39:00 中国搜索

中国搜索平顶山4月21日讯（刘 洋） 4月21日，郏县西蛇山上，数十名村民正分成几队，给刚刚种植的数万株树苗精心浇灌。而当天的一场蒙蒙细雨，不仅让成片的苗木愈发生机勃勃，也让村民的脸上充满了喜悦。因为他们知道这些树苗种植不易，只希望它们都能成活。

此种情形，也同样存在于郏县的东蛇山、中蛇山、莲花山、蛤蟆山、石厥山上。昔日的这些矿山、荒山，正重新披上新绿，迎来新的生机。这正是得益于郏县在露天矿山治理和生态修复工作中摸索出的新经验——“区内修复、区外补偿”双轨机制，为早日实现“绿满郏县、绿秀郏县、绿美郏县、绿富郏县”奠定了坚实基础。

**修复＋补偿 探索生态恢复治理新路子**

“以前一是随着经济建设的发展，对建筑材料的需求日益增长；二是受经济利益的驱使，所以对矿山存在过度开采。”郏县自然资源局局长李政杰介绍说，再加上长年以来“重开发轻治理、只破坏不修复”的思想，造成历

史欠账大，生态环境遭到一定程度的破坏。

为积极推进生态文明建设，郏县县委、县政府主动作为，聘请专家团队对郏县露天矿山进行全面诊治，结合实际编制《矿山地质环境恢复与综合治理规划》，决定在全县实施“区内修复、区外补偿”的双轨机制。

“区内修复”主要是矿山企业在采区内，进行复土复绿，同时对矿区道路两侧植树绿化、悬崖峭壁挂网复绿，对一些无主废弃坑口，则有各乡镇政府开展恢复治理工作；“区外补偿”主要是按照“谁破坏谁治理、边开采边治理”的原则，明确要求所有持证生产矿山矿区内无条件修复，矿区外延 500 米无条件补偿（不足的必须异地补偿）。同时要求常绿树种必须在 80% 以上，成活率必须在 70% 以上。

同时，为充分调动乡镇村、企业和社会的积极性，因地制宜、因矿施策，按照“谁治理、谁受益”的原则，大力探索构建“政府主导、企业主责、群众参与、专业指导”的恢复治理新模式，解决了“钱从哪里来、树往哪里栽”的问题。

### 政府 + 企业　绿色郏县成效初现

“去冬今春，山上的树苗已经浇水、翻土了 6 遍；梯田全部是外高内低，便于蓄水。这一切都是为了保证树苗成活，现在成活率已经达到 80% 以上。”郏县茨芭镇镇长刘世杰信心满满地说道，等到明年 5 月，这里一定是草茂林密、

绿意盎然的景象，我们有这个信心！

的确！在“区内修复、区外补偿”总思路的指导下，郏县矿山治理和生态恢复的工作取得显著成效。各涉矿乡镇和矿山企业，均加大机械设备及人力、物力的投入，在矿区及生态补偿区积极开展挖坑、填土、植树、浇水、管护等修复治理活动。特别是中联天广，发挥国有企业优势，投资近 3000 万元，完成修复治理及生态补偿面积 5887 亩，在矿区周边种植树木 40 多万株，完成比例达 118%；众合建材为确保修复治理区树木的成活率，规划在山上新打 7 眼深井，目前已打成 4 眼，铺设浇灌水管 6000 米。

郏县县委书记丁国浩向记者介绍郏县露天矿山修复情况

利用去冬今春植树季节，郏县全县累计投入 1.2 亿元，完成恢复治理及生态补偿 2.04 万亩，“区内修复露天矿区披新绿、区外补偿昔日荒山绿满园”的面貌已初步形成。特别是以前的荒山秃岭，如今已经“草木蔓发，春山可望”，受到了国家和省、市自然资源部门的高度认可。

郏县县委书记丁国浩介绍说，郏县还将生态修复治理工作与脱贫攻坚行动紧密结合，积极吸纳贫困户参与植树、浇水、管护等工作，促进增收；同时通过耕地林地面积的增加，种植核桃、桃树等树，增加居民收入，取得了生态效益、经济效益和社会效益的有机统一。

# 河南宝丰："边开采、边治理"全力打造绿色矿山

2019-04-22 03:22:00 中国搜索

中国搜索平顶山4月22日讯（刘 洋） 这边有序开采，那边绿色满园！4月21日，在平顶山市宝丰县一家铝矿的开采区内，这样的场景就真实地呈现在我们面前。一棵棵、一行行刚刚长出嫩叶的树苗，向我们昭示着，明年这里必定会"草木蔓发，春山可望"。

据了解，已经实现植树复绿的区域，正是永顺铝土有限公司已开采完成的边庄西坡矿区。按照宝丰县"边开采、边治理"的露天矿山开发原则，永顺铝土有限公司自2018年以来开始整治回填植树复绿，已累计投资1558万元，治理恢复土地726.85亩，其中恢复耕地180亩，林地546.85亩，栽植榆树、槐树、大叶女贞、刺槐、塔松、柿树、桑葚、红叶石楠、冬青树等苗木4.8万余株，绿化面积6000多平方米。

宝丰县委书记、县长许红兵说，为切实贯彻"边开采、边治理"的原则，宝丰县计划2019年对全县范围内的矿山企业进行重新审核，对不愿意、无能力对闭坑矿山进行同步生态修复的企业收回采矿许可证，禁止开采作业。这

平顶山市副市长张弓接受记者采访

就要求持证企业在采矿作业前就要做好规划，在开采过程中做好生态保护措施，避免开采后弃矿走人。

对于历史遗留工矿废弃地，按照“统一规划、分类治理、先易后难、分步实施”的原则，利用河南省国土资源开发投资中心的资金优势，根据县域土地利用现状，实施杨庄镇、张八桥镇等4个乡镇5个综合整治项目，总投资2.11亿元，总规模7000多亩，实施后新增耕地5800余亩。目前已完成验收3300亩。

而对于因早期采矿形成的采煤塌陷区，宝丰县委、县政府按照“谁治理、谁受益”的原则，着力引导社会资金投入，对塌陷区进行综合整治。以大营镇韩庄矿区采煤沉陷区治理项目为例，共吸纳社会资金1.73亿元，治理面积2.93平方千米。先后实施林果规模建设，种植樱桃、石榴、柿子、核桃等果树1000亩；实施工矿废弃地治理、荒山造梯田、老村庄复垦和土地综合整治，新增土地3400亩；实施水源整治，依托地形地貌建设九龙湖，涵养水源，改善当地生态环境；实施拆旧建新，有效地改善了村民居住环境；实施道路修建，带动生态旅游和周边地区生态环境改善，促进周边村民发展致富。

目前，宝丰县露天矿山综合整治工作，在全市率先实现“五个第一”。即第一个出台露天矿山综合整治方案，第一个成立露天矿山领导小组，第一个完成“一矿一策”编制，第一个

落实“三级”包矿制度，第一个按“一矿一策”对矿山企业进行停工整改的县级自然资源部门。

对于宝丰县在矿山修复和生态治理上的做法，平顶山市副市长张弓认为，真正实现了生态效益和经济效益的统一。首先，实行“谁开采谁治理、谁受益谁治理”的原则，解决了钱从哪里来的问题；其次，治理后发展经济林，增加了老百姓的收入；最后，借此发展生态旅游，发展新产业，又会进一步带动经济社会的发展，把生态包袱变成了金字招牌。

据了解，2019 年，平顶山市委、市政府已将矿山修复和综合治理列为全市 43 项重点工作之一，责令企业按照绿色矿山建设标准加快改造升级，限期达到绿色矿山建设标准，不符合绿色矿山标准的矿山企业逐步退出市场。2020 年底，全市露天矿山将全面达到绿色矿山建设标准。

# 矿山创面披绿装<br>看平顶山如何创新机制为大地“疗伤”？

2019-04-21　23:01:00　凤凰网河南综合

平顶山市西依伏牛、东瞰黄淮，因煤而兴、因山得名，是一座典型的资源型城市。截至 2018 年底，平顶山市共有持证矿山 136 座，其中露天矿山 77 座，地下开采矿山 59 座。这些矿山为国民经济发展贡献了大量资源，但同时也在开采中给大地留下了道道“伤疤”。地貌景观遭破坏，大量土地被压占，地下水层受侵蚀，地面塌陷、地裂缝、滑坡、崩塌等伴生灾害，随时可能威胁群众的财产和生命安全。

郏县中蛇山生态补偿区

修复矿山，为大地“疗伤”，已成为加快生态文明建设绕不过去的一道坎。2019 年，平顶山市将矿山修复和综合治理列为全市 43 项重点工作之一，全面落实“三级”包矿和“两级”包片责任制，无死角管控，科学编制绿色矿山建设方案和矿山地质环境恢复与综合治理规划，责令企业按照绿色矿山建设标准加快改造升级，限期达到绿色矿山建设标准，不符合绿色矿山标准的矿山企业逐步退出市场。

### 创新机制，探索恢复治理新模式

如何让裸露的荒山披上“绿衣”？如何让昔日的灰色矿山变身成绿水青山？郏县探索实施“区内修复、区外补偿”的矿山生态修复模式，使以前的荒山秃岭变成了如今的“草木蔓发，春山可望”。

4 月 21 日，河南“生态文明媒体行”采访团冒雨来到郏县茨芭镇中蛇山上，俯瞰一道道梯田从山脚层层盘旋而上，马尾松树苗在风中青翠欲滴。“在持续开展国土绿化的同时，按照‘宜耕则耕，宜林则林，宜草则草，宜景则景’等原则，探索实施‘区内修复、区外补偿’的矿山生态修复模式，构建起政府、企业、社会共同参与的矿山地质环境恢复和综合治理新机制，全面推进露天矿山环境治理、生态恢复，最大限度地减少裸露地面，增加绿化面积，实现绿色矿山建设、矿业经济绿色发展。”郏县县委书记丁国浩说。

据介绍，“区内修复”主要是在矿山企业采区内进行复土复绿，同时对矿区道路两侧植树绿化、悬崖峭壁挂网复绿；各矿山开采面资源没有采尽、没有完成生态修复的，一律不得再开新坑口、新采面。然而，由于露天矿区土壤贫瘠、碎石裸露、干旱缺水，绿化植被成活率往往不高。对此，郏县县委、县政府从几千米外运来了土壤，并在山上打了深水井，铺设管道，便于取水浇水，保证林木成活率。

通过不懈努力，“区内修复露天矿区披新绿、区外补偿昔日荒山绿满园”的面貌已初步形成，东蛇山、中蛇山、西蛇山、莲花山、蛤蟆山、石厥山、二龙山、紫云山、仙女寨、梁家沟、鲁医河两岸已累计植树 200 多万株。全县累计投入 1.2 亿元，完成恢复治理及生态补偿 2.04 万亩。

## 坚持生态效益与经济效益高度统一

既要金山银山，更要绿水青山。宝丰县按照“谁破坏谁治理、边开采边治理”的原则引导企业认清形势，担起主责，依法履行矿山地质环境保护与治理义务。“现在已经不存在只开挖、不治理的现象，包括已经批复的矿山我们重新审核，摸清到底对生态环境造成多大的影响。如果确实污染重大，就不允许再开采，保留住这片青山绿水。”宝丰县自然资源局局长张义辉说。

据张义辉介绍，按照“谁治理、谁受益”的工作思路，使企业成为造林绿化主体，既减轻了政府财政压力，也增加了矿区的绿化面积，为附近群众带来了绿色收益，实现了政府、企业、群众三方受益的效果，取得了良好的社会效益、生态效益、经济效益。

宝丰县自然资源局局长张义辉介绍采煤沉陷区整治情况

生态文明建设永远在路上。下一步，宝丰县将坚定不移走生态优先、绿色发展的新道路，严格按照“一体共治建生态”的总体思路，实施东部山体、西部山体两项生态修复工程，守好绿水青山，释放生态红利，进一步提高人民群众的生态安全感、获得感、幸福感。

**建好“绿屏障”，做活“水文章”**

“提质”，让居民更有“获得感”。近年来，平顶山市不仅在矿山生态建设中不遗余力，而且在改善市民生活环境、恢复城市生态方面取得了明显成效。平顶山白鹭洲国家城市湿地公园，这里曾经是采煤沉陷区，经过综合治理开发，如今已绿意满盈，碧波荡漾，成了市民休闲娱乐的“后花园”。

建好“绿屏障”，让“水绿交融生态美”成为亮丽名片。平顶山市不断推进山顶公园升级改造和矿山公园建设，完成占地1500多亩的白鹭洲国家城市湿地公园建设；开展生态廊道建设、环城防护林及城郊森林等八大重点工程建设。做活“水文章”，构建富有灵气、活力和动感的城市生态水系。平顶山市根据全域生态水系规划，实施河湖水系联通、水景观塑造、水环境修复等生态建设。

平顶山市副市长张弓介绍平顶山市生态文明建设情况

“经济要发展，环境要保护，既要绿水青山，又要金山银山，这二者不是矛盾的，是高度统一的。良好的生态环境就是对外开放招商、发展生态旅游最好的金字招牌。下一步，平顶山市要建设绿色矿山城市和‘中国尼龙城’，我们一手抓产业转型，一手抓生态文明转型，从而推动平顶山经济社会的协调发展。”平顶山市副市长张弓表示。

# 平顶山："煤城"矿山复绿记

2019-04-22　10:31:00　河南日报客户端

（李　鹏）　平顶山，西依伏牛，东瞰黄淮，因煤而兴，因山得名，是一座古老又年轻的城市。

历史上的平顶山可以说是一座极为典型的资源型城市，解放后，这里发现大型煤田，先有矿而后有城，因此有中原"煤城"之称。

近年来，中原"煤城"实现绿色"转身"，强化生态环境保护，加大矿山修复和综合治理力度，推出一系列政策措施，矿山生态环境治理取得了显著成效。矿山石山变身成绿水青山，生态包袱打造为金字招牌。

为矿山披绿装，补大地之伤，是生态文明建设路上的一道"关卡"。4月21日，河南"生态文明媒体行"采访团冒雨先后来到平顶山境内的郏县、宝丰县等地，探求这座中原"煤城"的矿山复绿之道。

郏县茨芭镇西蛇山上，一道道梯田从山脚层层盘旋而上，马尾松、油松、侧柏等树苗在蒙蒙细雨中青翠欲滴，生机勃勃。为创新机制修复矿山之伤，郏县先行探索实施"区内修复　区外补偿"的新路子。

河南日报客户端记者了解到，“区内修复”主要是矿山企业在采区内进行复土复绿，同时对矿区道路两侧植树绿化、悬崖峭壁挂网复绿。规定各矿山开采面资源没有采尽、没有完成生态修复的，一律不得再开新坑口、新采面；“区外补偿”主要是按照“谁破坏谁治理、边开采边治理”的原则，要求全县所有持证生产矿山在完成矿区内恢复治理任务的同时，充分利用冬春有利时机，把矿区边沿周围500米（左右）范围纳入义务植树区，由矿山企业负责，全部植树造林。

“石头缝里栽树不容易！一开始，我们拉水上山，一车水只能浇400株树，乡镇干部轮流上山给大家做饭。还是老百姓们办法多，在山上开挖了天然蓄水池，有了水，咱的树明年一定绿油油！”指着不远处的东蛇山、中蛇山、莲花山等，茨芭镇镇长刘世杰动情畅谈。

利用去冬今春植树季节，郏县已累计投入1.2亿元，完成恢复治理及生态补偿2.04万亩。“在‘区内修复、区外补偿’的矿山生态修复模式下，宜耕则耕、宜林则林、宜草则草、宜景则景，构建起政府、企业、社会共同参与的矿山地质环境恢复和综合治理新机制，全面推进露天矿山环境治理、生态恢复，最大限度地减少裸露地面，增加绿化面积，实现绿色矿山建设、矿业经济绿色发展。”郏县县委书记丁国浩说。

而在宝丰县张八桥镇工矿废弃地复垦整治项目处，河南日报客户端记者看到，不远处村民们的新居整齐划一，工矿废弃地已被拉来的客土所掩埋，下一步的耕地平复正在紧张进行。

“通过整治，节约了耕地面积，原来需要3000亩用地现在只需1000亩安置村民，最重要的是，群众的人居环境改善了，农村更美了！”宝丰县自然资源局局长张义辉介绍。

在大营镇韩庄矿区采煤沉陷区，实施水源整治，依托地形地貌建设九龙湖涵养水源，改善当地生态环境。

在永顺铝土有限公司边庄西坡矿山区，山那边的铝土矿企业正在作业，山这边的榆树、槐树、大叶女贞、刺槐、塔松在迎风摇曳，“边开采、边治理”的模式在同一座山上得到了生动体现。

平顶山市副市长张弓接受记者采访

从“在开发中保护”到“在保护中开发”，从“先开采后治理”到“边开采边治理”，从“抢救性治理”到“主动性治理”，从“修复性治理”到“保护性治理”，平顶山市依托一系列创新机制，走出了一条中原“煤城”特有的矿山治理之道。

“现在看，绿水青山才是招商引资的金字招牌！平顶山要以‘绿色矿山城市’建设为生态抓手，以‘中国尼龙城’建设为产业抓手，生态包袱正在变为金字招牌！”平顶山市副市长张弓最后接受记者采访时表示。

记者跟随媒体采访团离开平顶山时，雾雨朦胧中，草木蔓发，春山可望。

# 平顶山曾因煤而兴，如今因何而美？

2019-04-22　10:38:00　大河网

大河网讯（何心悦）　平顶山因煤而兴，因山得名，而近年来则加快了产业转型的步伐，在废弃工矿区整治工作方面亮点颇多。4月21日，“生态文明媒体行”采访团走进平顶山宝丰县和郏县，探寻当地的矿区蝶变之路。

平顶山市示范区的一处湿地公园景观

## 宝丰县：“谁治理、谁受益”，让脏乱差变花果山

根据《宝丰县工矿废弃地复垦利用专项规划（2016—2020）》，宝丰县2016—2020年计划实施工矿废弃地复垦项目5个，总投资2.11亿元，总规模7000多亩，目前已实现新增耕地5800余亩，已复垦3300余亩，较好地形成了“平台融资—土地整治—收益共享”的整治模式。

宝丰县露天矿山按照因地制宜、一矿一策的原则进行整治，已治理面积1821亩，植树11万株，硬化道路1020米，投入资金3729万元，矿区生态环境明显好转，真正达到了绿色建设。

对无主矿山，当地实行政府兜底，并以国有公司为平台，吸引社会资本投资生态修复和绿化。这一“宝丰模式”成为全省矿山生态治理的三大模式

之一。目前，观音堂林站宋沟铁矿区已整治面积54亩，植树1.5万株；九子山矿区整治79亩，整修道路2.5千米，植树1万余株。

2015年以来，宝丰县按照“谁治理、谁受益”的工作思路，吸纳社会资金1.73亿元对大营镇韩庄矿区开展矿山地质环境综合治理。投资100多万元种植樱桃、石榴、柿子、核桃等，使项目区绿化率达到优质生态环境地区标准。投资500多万元开展荒山造梯田、老村庄复垦，新增土地3400亩以上。依托地形地貌建设的九龙湖，改善了当地的生态环境，使周边雨季内涝问题得以解决。慢慢地，过去脏、乱、差的工矿废弃地变成了风景秀美的“花果山”。

2019年初，宝丰县与平顶山市自然资源和规划局共建千余亩山区丘陵地作为生态公益林基地，种植了黄桃、核桃等优质果树增加群众收入。在永顺铝土有限公司露天煤矿边庄西坡整治项目上，记者注意到大片的小树苗已种

植到位，远处山坡上，“绿水青山就是金山银山”的大字格外醒目。

“宝丰县已率先实现‘五个第一’，即第一个出台露天矿山综合整治方案，第一个成立露天矿山整治领导小组，第一个完成‘一矿一策’编制，第一个落实‘三级’包矿制度，第一个按‘一矿一策’对矿山企业停工整改”。平顶山市副市长张弓告诉媒体采访团的记者。

**郏县：“区内修复、区外补偿”，让昔日荒山绿满园**

郏县编制了《矿山地质环境恢复与综合治理规划》《矿山地质环境保护与土地复垦方案》《一矿一策综合整治方案》《郏县露天矿山矿区及周边影响区生态修复治理建议书》，为矿山绿化提供明确目标和科学依据。

为了广泛动员，郏县成立了以县长为组长的矿山环境治理生态修复工作领导小组。实施“区内修复、区外补偿”双轨制，明确要求所有持证生产矿山矿区内无条件修复，矿区外延 500 米无条件补偿（不足的必须异地补偿）。同时要求常绿树种必须在 80% 以上，成活率必须在 70% 以上。

乡镇中，茨芭镇实行了“一企一山”制度，组织辖区内 5 家矿山企业负责人观摩评比。

茨芭镇铁炉村监委会副主任冯朝是当地的绿化先进标兵。2018 年 11 月以来，他带领群众修建梯田、挖坑植树，开通了 8 米宽、18 里（1 里 =500 米）长的环山路，修建了 88 台梯田，面积约 600 亩，开挖 3 万个树坑，栽植五角枫、

柿树、松柏等林木约 1 万株，使镇上的中蛇山发生了翻天覆地的变化。

冯朝说："虽然有时觉得疲惫，但一想到绿化荒山是给老百姓办好事，是造福子孙后代的大事，心里就充满了自豪感，就不觉得苦和累了。"

郏县还通过对矿山企业实行"三书约束"，即签订"依法依规开采承诺书""依法依规开采告知书""问题整改通知书"，解决了"钱从哪里来、树往哪里栽"的根本问题。

通过不懈努力，郏县以前的荒山秃岭，如今已经"草木蔓发，春山可望"。东蛇山、中蛇山、西蛇山、莲花山、蛤蟆山、石厥山、二龙山、紫云山、仙女寨、梁家沟、鲁医河两岸已累计植树 200 多万株。去冬今春植树季节，全县累计投入 1.2 亿元，完成恢复治理及生态补偿 2.04 万亩。

### 平顶山：2020 年全面达到绿色矿山标准

截至 2018 年年底，平顶山市共有持证矿山 136 座，其中露天矿山 77 座，地下开采矿山 59 座。2019 年，平顶山市委、市政府将矿山修复和综合治理列为全市 43 项重点工作之一。

目前，平顶山全市共完成恢复治理面积 2.3 万余亩，植树 231.6 万余株，清理碎石 6 万余立方米，硬化道路 1260 米；对全市 49 处采矿废石、废渣等固体废弃物通过移除、覆土绿化、浇水喷淋、合规储存、建挡矸墙等方式进行综合治理；依法取缔露天矿山 3 座。

平顶山市矿区生态恢复有关负责人告诉记者，到 2020 年年底，平顶山市露天矿山将全面达到绿色矿山建设标准，通过矿山修复及综合整治，将形成一批规模较大、技术先进、绿色环保、安全规范、效益突出的开采加工优势企业。

# 变“废”为“宝” 修复露天矿区披新绿

2019-04-23 东方今报·猛犸新闻

（肖 萌 陆希婉） 4月21日，“生态文明媒体行”采访团一行来到平顶山市，聚焦河南省矿山生态环境整治、矿山生态修复、废弃矿山治理。

## 昔日荒山绿满园

在平顶山市郏县中蛇山富宇建材生态修复补偿区、西蛇山鑫源建材生态修复补偿区、崮山镁业区生态修复补偿区，记者们感受到郏县强力推进露天矿山治理和生态恢复工作带来的变化，“区内修复露天矿区披新绿、区外补偿昔日荒山绿满园”的面貌已初步形成。

据了解，因对建筑石料、碎石、水泥的需求日益增长，矿山开采规模急剧扩大，致使这里的生态环境遭到不同程度的破坏。

2018年以来，郏县县委、县政府实行“区内修复、区外补偿”双轨机制，明确要求所有持证生产矿山矿区内无条件修复，矿区外延500米无条件补偿（不足的必须异地补偿）。同时要求常绿树种必须在80%以上，成活率必须在70%以上。

中蛇山富宇建材生态修复补偿区是茨芭镇富宇建材有限公司矿区外延500米生态修复补偿区划定区域，西蛇山鑫源建材生态修复补偿区是茨芭镇鑫源建材、崮山镁业两家矿山企业矿区外延500米生态修复补偿区划定区域。记者现场了解到，这两地降水和植被覆盖度相对较少，实施以混交林为主体的生态林工程体系。如今，中蛇山规划建设的生态修复补偿区以大叶女贞、柏树、五角枫、松树、栎类等耐干旱树种为主，西蛇山则以种植绿化树五角枫、侧柏、松树、榆树等为主，经济林以核桃、石榴、桃树、文冠果、梨树等为主。

“今年这儿比较干旱，但我们这儿树的成活率比较高。”郏县县委书记丁国浩称，在矿山修复及生态补偿工作中，为了保证30万株绿化树成活，富宇建材有限公司每天投入水车30台次，不间断浇水。而为了降低成本，保证较高的成活率，又在中蛇山安装了10余个水罐进行储水。

“下一步我们将实施引水上山项目，计划把水库的水引到山上来。我们已经种上的12000亩林木预计今年成活率达80%，等明年相信满山都是绿色，满眼都是绿色。”丁国浩说。

**宝丰露天矿山 2020 年将达“绿色标准”**

在宝丰县张八桥工矿废弃地复垦整治项目，记者了解到，这里于 2017 年 7 月对早期责任主体灭失的煤矿损毁土地进行复垦，目前已完成浆砌石田坎 5476 立方米，实现新增耕地 300.7 亩。

“历史上的无序开采，造成植被破坏、废弃渣堆随处可见，地面塌陷、危房众多，村民的生命财产安全受到严重威胁。”谈到采煤沉陷区综合治理，宝丰县自然资源局党组书记、局长张义辉告诉记者，宝丰县大营镇韩庄矿区采煤沉陷区，经过先后实施林果规模建设，投资 100 多万元种植樱桃 600 亩、石榴 200 亩、柿子 100 亩、核桃 100 亩等，已打造成秀美的“花果山”，实现了生态效益与经济效益相统一。

目前，宝丰县在露天矿山综合整治方面，已治理面积 1821 亩，植树 11 万株，硬化道路 1020 米，投入资金 3729 万元，已完成全年任务的 78%。

“这些年的治理经验可以总结为三个抓手、三个统一和三个效果。”平顶山市副市长张弓介绍，三个抓手，即在治理过程中抓牢矿山治理修复、国土绿化、河道治理。三个统一，即坚持行政手段与市场手段相统一；坚持生态效益与经济效益相统一，把绿水青山变成金山银山；坚持工程治理与生物治理相统一，比如说水多层拦截，多层净化，靠自然降解。

“经济要发展，环境要保护，‘青山绿水’与‘金山银山’并不矛盾。良好的生态环境就是对外开放招商的‘金字招牌’。”张弓说，目前共完成恢复治理面积 2.3 万余亩，植树 231.6 万余株，2020 年底，全市露天矿山将达到绿色矿山建设标准。

# 平顶山：修复矿山生态，成效初现，春山可望

2019-04-22　14:17:29　河南商报－掌中河南

（陈媛媛　王　蒙）平顶山市西依伏牛，东瞰黄淮，因煤而兴，因山得名，是一个古老又年轻的城市。

4 月 21 日，“生态文明媒体行”采访团来到平顶山市，深入郏县、宝丰县生态补偿区及湛河治理工程、白龟湖国家湿地公园等地，对平顶山市矿山生态修复、废弃矿山治理进行采访。

## 郏县：区内修护、区外补偿，荒山旧貌换新颜

4 月 21 日，在郏县茨芭镇中蛇山上，采访团来到平顶山富宇建材有限公司的生态补偿区，郏县县委书记丁国浩介绍郏县及中蛇山富宇建材生态补偿区生态环境建设的基本情况。

郏县县委书记丁国浩向记者介绍情况

据了解，在 2018 年底召开的全县矿山生态恢复治理推进会上，决定在全县实施“区内修复、区外补偿”机制。

其中，茨芭镇在浅山丘陵区开挖造林梯田，作为当地矿山企业的生态补偿区，实施植树造林、生态修复。目前，已栽植五角枫、油松、大叶女贞、侧柏等耐旱树木 15 万余株。

去冬今春，全县累计完成造林 5.6 万亩，通过矿山生态修复完成造林近 2

万亩。昔日的荒山秃岭，今朝已经“草木蔓发，春山可望”。

郏县自然资源局局长李政杰介绍：“区内修复、区外补偿的模式，使企业成为造林绿化主体，既减轻了政府财政压力，也增加了矿区的绿化面积，为当地群众带来了绿色收益，实现了政府、企业、群众三方受益的效果，取得了良好的社会效益、生态效益、经济效益。”

### 宝丰县：“谁治理、谁受益”，打造秀美“花果山”

目前，宝丰县探索出了“平台融资土地整治收益共享”的工矿废弃地整治模式。

2015年以来，宝丰县按照“谁治理、谁受益”的工作思路，吸纳社会资金1.73亿元对大营镇韩庄矿区开展矿山地质环境综合治理。

宝丰县投资100多万元种植樱桃600亩、石榴200亩、柿子100亩、核桃100亩等，使项目区绿化率达到优质生态环境地区标准。

宝丰县投资500多万元开展荒山造梯田、老村庄复垦，新增土地3400亩以上。依托地形地貌建设九龙湖，不仅改善了当地的生态环境，还解决了周边地区雨季的内涝情况。

通过对项目区2.93平方千米的系统整治，使过去脏、乱、差的工矿废弃地变成了风景秀美、生态宜居的“花果山”。

采访途中，平顶山市副市长张弓介绍了平顶山市矿山治理的做法和成效，表示要打造矿山生态治理修复的样板。全市生态治理变被动性治理为主动性治理，变修复性治理为保护性治理。原来满目疮痍的矿区得到修复，实现生态效益和经济效益的统一，使绿水青山变成金山银山。

# 昔日荒山变废为宝，2020年底这里的矿山将达“绿色标准”

2019-04-22　11:04:55　东方今报·猛犸新闻

（肖　萌　陆希婉）4月21日，“生态文明媒体行”采访团一行来到平顶山市，聚焦河南省矿山生态环境整治、矿山生态修复、废弃矿山治理。

在平顶山市郏县中蛇山富宇建材生态修复补偿区、西蛇山鑫源建材生态修复补偿区、嵖山镁业区生态修复补偿区，记者们感受到郏县强力推进露天矿山治理和生态恢复工作带来的变化，“区内修复露天矿区披新绿、区外补偿昔日荒山绿满园”的面貌已初步形成，昔日荒山如今已是绿意盎然。

据了解，因对建筑石料、碎石、水泥的需求日益增长，矿山开采规模急剧扩大，致使这里的生态环境遭到不同程度的破坏。

2018年以来，郏县县委、县政府实行“区内修复、区外补偿”双轨机制，明确要求所有持证生产矿山矿区内无条件修复，矿区外延500米无条件补偿（不足的必须异地补偿）。同时要求常绿树种必须在80%以上，成活率必须在70%以上。

中蛇山生态修复补偿区是茨芭镇富宇建材有限公司矿区外延 500 米生态修复补偿区划定区域，西蛇山生态修复补偿区是茨芭镇鑫源建材、崮山镁业两家矿山企业矿区外延 500 米生态修复补偿区划定区域。记者现场了解到，这两地降水和植被覆盖度相对较少，实施以混交林为主体的生态林工程体系。如今，中蛇山规划建设的生态修复补偿区以大叶女贞、柏树、五角枫、松树、栎类等耐干旱树种为主，西蛇山则以种植绿化树五角枫、侧柏、松树、榆树等为主，经济林以核桃、石榴、桃树、文冠果、梨树等为主。

“今年这儿比较干旱，但我们这儿树的成活率是比较高的。”郏县县委书记丁国浩称，在矿山修复及生态补偿工作中，为了保证种植的 30 万株绿化树成活，富宇建材有限公司每天投入水车 30 台次，不间断浇水。而为了降低成本、保证较高的成活率，又在中蛇山安装了 10 余个水罐进行储水。

“下一步我们将实施引水上山项目，计划把水库的水引到山上来。我们已经种上的 12000 亩林木预计今年成活率达 80%，等明年，相信满山都是绿色，满眼都是绿色。”丁国浩说。

在宝丰县张八桥工矿废弃地复垦整治项目，记者了解到，这里于 2017 年 7 月对早期责任主体灭失的煤矿损毁土地进行复垦，目前已完成浆砌石田坎 5476 立方米，实现新增耕地 300.7 亩。

“历史上的无序开采，造成植被破坏、废弃渣堆随处可见，地面塌陷、危房众多，村民的生命财产安全受到严重威胁。”谈到采煤沉陷区综合治理，宝丰县自然资源局党组书记、局长张义辉告诉记者，宝丰县大营镇韩庄矿区采

煤沉陷区，经过先后实施林果规模建设，投资 100 多万元种植樱桃 600 亩、石榴 200 亩、柿子 100 亩、核桃 100 亩等，已经打造成了秀美的“花果山”，实现了发展生态游，生态效益与经济效益相统一。

目前，宝丰县在露天矿山综合整治方面，已治理面积 1821 亩，植树 11 万株，硬化道路 1020 米，投入资金 3729 万元，已完成全年任务的 78%。

“这些年的治理经验可以总结为三个抓手、三个统一和三个效果。”平顶山市副市长张弓介绍，所谓三个抓手，即在治理过程中抓牢矿山治理修复、国土绿化、河道治理。三个统一，一是坚持行政手段与市场手段的统一，政府强力推动与市场化手段结合，打通环境保护与经济社会发展的统一性；二是坚持生态效益与经济效益统一，把绿水青山变成金山银山；三是坚持工程治理与生物治理相统一，比如说我们的水多层拦截，多层净化，靠自然降解。

“经济要发展，环境要保护，‘绿水青山’与‘金山银山’并不矛盾，良好的生态环境是对外开放招商的‘金字招牌’。”张弓说，目前共完成恢复治理面积 2.3 万余亩，植树 231.6 万余株，2020 年底，全市露天矿山将达到绿色矿山建设标准。

# 平顶山宝丰县：一矿一策
# 把工矿废弃地变成风景秀美“花果山”

2019-04-23　11:32:00　映象网

映象网讯（燕子丹）　“每人每月二两土，一人一年一块砖”。这句顺口溜在前些年的平顶山可以说无人不知，严重的生态环境污染让这句顺口溜成了众多市民茶余饭后的调侃。平顶山市因煤而兴，因山得名，丰富的煤炭储备让当地经济腾飞的同时也伴随着严重的生态环境破坏。4月21日，由河南省委网信办与省自然资源厅共同承办的“生态文明媒体行”采访团走进平顶山市宝丰县，探访近年来当地露天矿山生态修复补偿的进展与成效。

宝丰县位于河南省中西部，北依汝河，南临沙河，西倚伏牛山，东连黄淮平原，是平顶山市城乡一体化示范区的核心区、解放战争时期中原红色革命首府，境内有刘邓大军“宝丰会议”旧址，是中国最具影响力的文化旅游名县。

大量因无序开采而废弃的露天煤矿如今已复耕

宝丰县矿产资源丰富，由于历史上的无序开采，造成植被破坏、废弃渣堆随处可见，造成地面塌陷、危房众多等严重后果。但如今，映象网记者在宝丰县张八桥镇看到的却是另一幅景象。

据平顶山市副市长张弓介绍，2015年以来，宝丰县按照“谁治理、谁受益”的工作思路，吸纳社会资金1.73亿元对大营镇韩庄矿区开展矿山地质环境综合治理。投资100多万元种植樱桃600亩、石榴200亩、柿子100亩、核桃100亩等，使项目区绿化率达到优质生态环境地区标准。投资500多万元开展荒山造梯田、老村庄复垦，新增土地3400亩以上。依托地形地貌建设九龙湖，不仅改善了当地的生态环境，还解决了周边地区雨季内涝情况。通过对项目区 2.93 平方千米的系统整治，使过去脏、乱、差的工矿废弃地变成了风景秀美、生态宜居的“花果山”。

2019 年初，宝丰县与平顶山市自然资源和规划局在张八桥镇山张村等，共建千余亩山区丘陵地作为生态公益林基地，通过综合整治，改良土壤结构，种植绿化苗木，改善生态环境，种植黄桃、核桃等优质果树增加群众收入，实现一举多效。计划在 3~5 年内，把公益林打造成“三季有花，四季有果”的生态示范基地。目前，一期工程已投资约 100 万元，流转土地 200 亩，植树 1 万余株，已进入正常管护阶段。

昔日飘着煤灰的矿山已绿植如茵

据了解，近年来宝丰县露天矿山综合整治工作结合全县实际，在全市率先实现“五个第一”，即第一个出台露天矿山综合整治方案，第一个成立露天矿山整治领导小组，第一个完成“一矿一策”编制，第一个落实“三级”包矿制度，第一个按“一矿一策”对矿山企业停工整改。通过实行整治工作日报告、周排名、月总结制度，严格落实“三级”包矿责任制，打好约谈、通报组合拳，彻底堵住了矿山安全生产、环境保护的监管漏洞。

# 平顶山郏县旧貌换新颜：区内修复露天矿区披新绿、区外补偿昔日荒山绿满园

2019-04-23　09:04:00　映象网

映象网讯（燕子丹）　“每人每月二两土，一人一年一块砖”。这句顺口溜在前些年的平顶山可以说无人不知，严重的生态环境污染让这句顺口溜成了众多市民茶余饭后的调侃。平顶山市因煤而兴，因山得名，丰富的煤炭储备让当地经济腾飞的同时也伴随着严重的生态环境破坏。4 月 21 日，由河南省委网信办与省自然资源厅共同承办的“生态文明媒体行”走进平顶山郏县，探访近年来当地露天矿山生态修复补偿的进展与成效。

## 创新治理模式，“区内修复、区外补偿”双轨制

在郏县茨芭镇中蛇山上，郏县县委书记丁国浩向记者介绍了郏县及中蛇山富宇建材生态补偿区生态环境建设的基本情况。

据介绍，近年来郏县提出了“绿满郏县、绿秀郏县、绿美郏县、绿富郏县”的奋斗目标。实行“区内修复、区外补偿”的双轨机制，督促矿山企业主动认领生态任务，担当社会责任，强力推进露天矿山治理和生态恢复工作。其中，茨芭镇在浅山丘陵区开挖造林梯田，作为当地矿山企业的生态补偿区，实施植树造林、生态修复。目前已栽植五角枫、油松、大叶女贞、侧柏等耐旱树木 15 万余株。去冬今春，全县累计完成造林 5.6 万亩，通过矿山生态修复完成造林近 2 万亩。昔日的荒山秃岭，今朝已经“草木

聘请当地村民完成整治矿山绿化工程，美化环境的同时也解决了不少贫困户的实际困难

蔓发，春山可望”。

郏县自然资源局局长李政杰介绍：“区内修复、区外补偿的模式，使企业成为造林绿化主体，既减轻了政府财政压力，也增加了矿区的绿化面积，为当地群众带来了绿色收益，实现了政府、企业、群众三方受益的效果，取得了良好的社会效益、生态效益、经济效益。”

矿山绿化规模已初步形成

### 发扬拆旧复垦精神，像抓拆旧复垦一样抓矿山绿化

据悉，郏县近年来充分发扬拆旧复垦精神，采用拆旧复垦成功经验，像抓拆旧复垦一样抓矿山绿化。郏县自然资源部门会同县督察部门，采取周通报、月排名等方式，督促各涉矿乡镇开展无主坑口恢复治理工作，督促各矿山企业加快区内修复和区外补偿进度；明确工作要求，对进度缓慢、不能按时完成复绿任务的企业，一次通报，两次警告，三次责令停产整顿；对落后的乡镇进行通报，并计入年终考核成绩。

通过不懈努力，“区内修复露天矿区披新绿、区外补偿昔日荒山绿满园”的面貌已初步形成，东蛇山、中蛇山、西蛇山、莲花山、蛤蟆山、石厥山、二龙山、紫云山、仙女寨、梁家沟、鲁医河两岸已累计植树 200 多万株。特别是利用去冬今春植树季节，全县累计投入 1.2 亿元，完成恢复治理及生态补偿 2.04 万亩。以前的荒山秃岭，如今已经“草木蔓发，春山可望”，受到了国家和省、市自然资源部门的高度认可，获得了人民群众的高度评价。

# 走进宝丰县：擦亮生态“金字招牌” 变“包袱”为“资源”

2019-04-22 10:54:49 中原网

中原网讯（张思沛） 平顶山市宝丰县位于河南省中西部，北依汝河，南临沙河，西倚伏牛山，东连黄淮平原，是平顶山市城乡一体化示范区的核心区、解放战争时期中原红色革命首府，境内有刘邓大军“宝丰会议”旧址，是中国最具影响力的文化旅游名县。

4月21日，河南省委网信办、省自然资源厅联合开展“生态文明媒体行”网络主题活动的第二站来到了平顶山市宝丰县，重点采访这里矿山生态环境综合整治情况。一位当地村民告诉记者，宝丰县矿产资源丰富，由于历史上的无序开采，造成植被破坏、废弃渣堆随处可见，地面塌陷、危房众多等严重后果。但如今，当记者站在张八桥镇外良庄的山坡时，看到的是绿色的拼图正在一块一块填满。

张八桥镇外良庄未整治前地貌

张八桥镇外良庄综合整治后新貌

从满目疮痍到现在生态修复初见成效，绿色版图正在宝丰县的工矿废弃地上一点点扩建，取得了良好的生态效益、经济效益和社会效益。宝丰县如何整治工矿废弃地，实现“变废为宝”？如何绘就出美丽宝丰的生态蓝图？

**偿还生态“旧账”　采取“谁开采谁保护、边开采边治理”**

据统计，全县共有持证矿山14座，其中省级发证6座，市级发证3座，县级发证5座，开采矿种以铝土矿和水泥灰岩矿为主。整治工作中，宝丰县引导企业认清形势，担起主责，将偿还生态环境恢复治理“旧账”作为当前的压倒性任务，按照“谁开采谁保护、边开采边治理”的原则，依法履行矿山地质环境保护与治理义务。同时，通过适时召开观摩会、现场会等方式，鼓励先进，鞭策后进，依法推进铁腕治矿、铁腕治污，全县矿区生态环境明显改善。

矿区内已建成的新型社区

对有证矿山，实施综合整治。对无主矿山，实行政府兜底。目前，宝丰县露天矿山企业通过申请地质环境恢复治理基金、自筹资金等方式，按照宜耕则耕、宜林则林、宜草则草和因地制宜、一矿一策的原则进行整治。目前，已治理面积1821亩、植树11万株、硬化道路1020米、投入资金3729万元，实现了矿区生态环境明显好转，真正达到绿色建设。

**双轮驱动　生态效益和经济效益双丰收**

据了解，宝丰县实施工矿废弃地复垦项目5个，分别为张八桥镇山张村等9个村工矿废弃地项目、张八桥镇外良村等7个村工矿废弃地项目、周庄镇周庄村等3个村工矿废弃地项目、大营镇赵庄村等5个村工矿废弃地项目和杨庄镇工矿废弃地项目，总投资2.11亿元，总规模7000多亩，实施后新增耕地5800余亩，目前已复垦3300余亩。较好地形成了“平台融资—土地整治—收益共享”的整治模式，取得了良好的生态效益、经济效益和社会效益。

整治废弃地，建设公益基地。2019年初，宝丰县与平顶山市自然资源和规划局在张八桥镇山张村等，共建千余亩山区丘陵地作为生态公益林基地，通过综合整治，改良土壤结构，种植绿化苗木，改善生态环境，种植黄桃、核桃等优质果树增加群众收入，实现一举多效。计划在3~5年内，把公益林打造成“三季有花、四季有果”的生态示范基地。目前，一期工程已投资约

100 万元，流转土地 200 亩，植树 1 万余株，进入正常管护阶段。

治理采煤沉陷区，打造秀美“花果山”。2015 年以来，宝丰县按照“谁治理、谁受益”的工作思路，吸纳社会资金 1.73 亿元对大营镇韩庄矿区开展矿山地质环境综合治理。投资 100 多万元种植樱桃 600 亩、石榴 200 亩、柿子 100 亩、核桃 100 亩等，使项目区绿化率达到优质生态环境地区标准。投资 500 多万元开展荒山造梯田、老村庄复垦，新增土地 3400 亩以上。依托地形地貌建设九龙湖，不仅改善了当地的生态环境，还解决了周边地区雨季内涝情况。通过对项目区 2.93 平方千米的系统整治，使过去脏、乱、差的工矿废弃地变成了风景秀美、生态宜居的“花果山”。

未整治前地貌
（九龙湖）

治理后新貌（九龙湖）

# 走进郏县：创新理念将“绿色拼图”铺满园

2019-04-22 11:41:43 中原网

中原网讯（张思沛） 郏县地处河南省中部偏西，是河南省民间文化艺术之乡，是一代谋圣张良的故里。4 月 21 日，河南省委网信办、省自然资源厅联合开展“生态文明媒体行”网络主题活动的第二站来到了平顶山市郏县。重点采访这里矿山生态环境修复情况。看郏县如何就露天矿山治理“对症下药”？

据介绍，近年来郏县提出了“绿满郏县、绿秀郏县、绿美郏县、绿富郏县”的奋斗目标。实行“区内修复、区外补偿”双轨机制，督促矿山企业主动认领生态任务，担当社会责任，强力推进露天矿山治理和生态恢复工作。

**创新治理模式：“区内修复、区外补偿”双轨制**

据相关负责人介绍，郏县充分调动乡镇村、企业和社会积极性，因地制宜、因矿施策，按照“谁治理、谁受益”的原则，大力探索构建“政府主导、企业主责、群众参与、专业指导”的恢复治理新模式。实施“区内修复、区外补偿”双轨制，明确要求所有持证生产矿山矿区内无条件修复，矿区外延 500 米无条件补偿（不足的必须异地补偿）。同时要求常绿树种必须在 80% 以上，成活率必须在 70% 以上。

对矿山企业实行“三书约束”，即签订“依法依规开采承诺书”“依法依规开采告知书”“问题整改通知书”。督促矿山企业按照采矿许可证批准的开采方式、开采矿种及批准的《开发利用方案》，开采矿区范围内的矿产资源，规范开采秩序。通过创新工作机制，解决了“钱从哪里来、树往哪里栽”的根本问题。

**持续加压：拆旧复垦为昔日矿山披新绿**

充分发扬郏县拆旧复垦精神，采用拆旧复垦成功经验，像抓拆旧复垦一样抓矿山绿化。郏县自然资源部门会同县督察部门，采取周通报、月排名等方式，督促各涉矿乡镇开展无主坑口恢复治理工作，督促各矿山企业加快区内修复和区外补偿进度；明确工作要求，对进度缓慢、不能按时完成复绿任务的企业，一次通报，两次警告，三次责令停产整顿；对落后的乡镇进行通报，并计入年终考核成绩。

通过不懈努力，“区内修复露天矿区披新绿、区外补偿昔日荒山绿满园”的面貌已初步形成，东蛇山、中蛇山、西蛇山、莲花山、蛤蟆山、石厥山、二龙山、紫云山、仙女寨、梁家沟、鲁医河两岸已累计植树 200 多万株。特别是利用去冬今春植树季节，全县累计投入 1.2 亿元，完成恢复治理及生态补偿 2.04 万亩。以前的荒山秃岭，如今已经“草木蔓发，春山可望”，受到了国家和省、市自然资源部门的高度认可，被人民网、《中国矿业报》《河南日报》《资源导刊》等新闻媒体相继报道，获得了社会各界的高度评价。

郏县矿山修复和生态补偿取得的成效，是县委、县政府高度重视的结果，是矿山企业担当作为的结果，是广大干部群众积极参与的结果。

下一步，郏县自然资源局将在县委、县政府的正确领导下，立足部门实际，发挥部门优势，全面落实责任，强化日常监管，继续强力推进矿山环境综合整治，为实现“绿满郏县、绿秀郏县、绿美郏县、绿富郏县”奋斗目标做出新的更大贡献。

# 平顶山——矿山治理内外修补两手抓

2019-04-23　09:53:40　商都网

4月21日，“生态文明媒体行”采访团来到平顶山市，走进郏县、宝丰县生态补偿区及湛河治理工程、白龟湖国家湿地公园等地，对平顶山市矿山生态修复、废弃矿山治理进行采访。

据了解，近年来，郏县县委、县政府认真贯彻落实习近平总书记生态文明思想，牢固树立“绿水青山就是金山银山”的发展理念，确立了“生态立县”发展战略，提出了“绿满郏县、绿秀郏县、绿美郏县、绿富郏县”奋斗目标。实行“区内修复、区外补偿”双轨机制，督促矿山企业主动认领生态任务，担当社会责任，强力推进露天矿山治理和生态恢复工作。

“区内修复”主要是矿山企业在采区内进行复土复绿，同时对矿区道路两侧植树绿化、悬崖峭壁挂网复绿。规定各矿山开采面资源没有采尽、没有完成生态修复的，一律不得再开新坑口、新采面；“区外补偿”主要是按照“谁破坏、谁治理”“边开采、边治理”的原则，要求全县所有持证生产矿山在完成矿区内恢复治理任务的同时，充分利用冬春有利时机，把矿区边沿周围500米（左右）范围纳入义务植树区，由矿山企业负责，全部植树造林。

采访当天平顶山市副市长张弓向媒体团就这些年治理经验作出最后总结：“就我看来，这些年的治理经验可以总结为三个抓手、三个统一和三个效果。”所谓三个抓手，即在治理过程中抓牢矿山治理修复，国土绿化和河道治理三个方面。而三个统一，第一个是坚持行政手段与市场手段的统一，搞环境保护治理，离不开政府的强力推动。当然也必须运用市场化手段，这两者我们深深的体会是缺一不可。我们把这两者结合得很好，打通了环境保护与经济

社会发展的统一性。第二个是坚持生态效益与经济效益的统一，即把绿水青山变成金山银山。第三个是坚持工程治理与生物治理相统一，比如说我们的水多层拦截，多层净化，靠自然降解。

“由这三个统一，那么要达到几个效果，经济要发展，环境要保护，既要绿水青山，又要金山银山，这二者不是矛盾的，是高度统一的。譬如说我们良好的生态环境就是最好的金字招牌。对外开放招商、发展生态旅游是最好的品牌。”

# 平顶山宝丰县多措并举　矿山变为绿水青山

2019-04-22　19:52:00　开封网

（武星光）　守好绿水青山，释放生态红利。4月21日下午，“生态文明媒体行”采访团走进平顶山市宝丰县，采访宝丰县露天矿山综合整治、工矿废弃地复垦及采煤沉陷区综合治理情况。

近年来，宝丰县委、县政府以习近平生态文明思想为指引，认真践行“绿水青山就是金山银山”的绿色发展理念，牢固树立“四个意识”，通过思想引导，铁腕整治，齐抓共管，着力构建“政府领导、部门联动、企业主体、社会参与、透明公开、快速推进”的工作局面，全县矿山生态环境综合整治工作取得了显著成效。

在整治工作中，宝丰县始终坚持“正确引导、舆论先行”的原则，认真贯彻落实省、市露天矿山综合整治工作部署，并多次召开全县露天矿山整治工作动员会、现场会，积极引导企业认清形势，担起主责，按照“谁开采、谁保护”“边开采、边保护”的原则，依法履行矿山地质环境保护与治理义务。同时，宝丰县委、县政府通过适时召开观摩会、现场会等方式，鼓励先进，

鞭策后进，依法推进铁腕治矿、铁腕治污，全县矿区生态环境已明显改善。

据统计，该县共有持证矿山 14 座，开采矿种以铝土矿和水泥灰岩矿为主。对有证矿山，实施综合整治，而对无主矿山，则实行政府兜底。目前，宝丰县露天矿山企业通过申请地质环境恢复治理基金、自筹资金等方式，按照宜耕则耕、宜林则林、宜草则草和因地制宜、一矿一策的原则进行整治。目前，已治理面积 2000 亩，植树 12 万株，硬化道路 1020 米，投入资金 3700 余万元，实现了矿区生态环境明显好转，真正达到绿色建设。

宝丰县自然资源局局长张义辉向记者介绍工矿废弃地复垦情况

据了解，宝丰县实施工矿废弃地复垦项目 5 个，分别为张八桥镇山张村等 9 个村工矿废弃地项目、张八桥镇外良村等 7 个村工矿废弃地项目、周庄镇周庄村等 3 个村工矿废弃地项目、大营镇赵庄村等 5 个村工矿废弃地项目和杨庄镇工矿废弃地项目，总投资 2.11 亿元，总规模 7000 多亩，实施后新增耕地 5800 余亩，目前已复垦 3300 余亩，较好地形成了“平台融资—土地整治—收益共享”的整治模式，取得了良好的生态效益、经济效益和社会效益。

# 宝丰县：盘活工矿废弃地
# 打造矿山生态治理修复样板

2019-04-22　15：37：00　洛阳网

（翟毅晓）　4月21日下午，由河南省委网信办与省自然资源局共同承办的“生态文明媒体行”采访团（简称“采访团”）走进了平顶山市宝丰县。通过实地采访，采访团深入对整治项目情况、整治后耕作种植结构、新村易地搬迁及生态环境改善等进行了了解。

宝丰县位于河南省中西部，矿产资源丰富，由于历史上的塌陷、危房众多，村民的生命财产安全受到严重威胁。为改变地貌环境，破解矿山地质环境治理费用不足的难题，宝丰县委、县政府按照“谁治理、谁受益”的治理原则，以“生态好、生活好、生产好”的“三好”标准，吸纳社会资金开展矿山地质环境综合治理。

为全面查清露天矿山开发利用现状，宝丰县以卫星地图为基础，逐一对照图斑进行现场核查。使用无人机空中摄像、拍照，通过整理掌握所有有主矿山和无主矿山开采现状，逐矿建立台账，编制一矿一策，开展综合整治。经过核查，全县共有持证矿山14座，其中省级发证6座、市级发证3座、县级发证5座，开采矿种以铝土矿和水泥灰岩矿为主。

对有证矿山，实施综合整治。对无主矿山，实行政府兜底。目前，宝丰县露天矿山企业通过申请地质环境恢复治理基金、自筹资金等方式，按照宜耕则耕、宜林则林、宜草则草和因地制宜、一矿一策的原则进行整治。目前，已治理面积1821亩，植树11万株，硬化道路1020米，投入资金3729万元，实现了矿区生态环境明显好转，真正达到绿色建设。

治理采煤沉陷区，打造秀美“花果山”。2015年以来，宝丰县按照“谁治理、谁受益”的工作思路，吸纳社会资金1.73亿元对大营镇韩庄矿区开展矿山地质环境综合治理。投资100多万元种植樱桃600亩、石榴200亩、柿子100亩、核桃100亩等，使项目区绿化率达到优质生态环境地区标准。投资500多万元开展荒山造梯田、老村庄复垦，新增土地3400亩以上。依托地形地貌建设九龙湖，不仅改善了当地的生态环境，还解决了周边地区雨季内涝情况。通过对项目区 2.93 平方千米的系统整治，使过去脏、乱、差的工矿废弃地变成了风景秀美、生态宜居的“花果山”。

2017 年以来，宝丰县政府利用河南省国土资源开发投资管理中心资金优势，根据县域土地利用现状，实施了张八桥镇等 4 个乡镇、5 个综合整治项目，宝丰县已成功探索出了“平台融资—土地整治—收益共享”的工矿废弃地整治模式，项目验收后产生的用地指标优先保障重点项目等用地需求，取得了良好的生态效益、经济效益和社会效益。

“通过整治，节约了耕地面积，原来需要 3000 亩用地，现在只需 1000 亩安置村民，最重要的是，群众的人居环境改善了，农村更美了！”宝丰县自然资源局局长张义辉介绍。

从“在开发中保护”到“在保护中开发”，从“先开采后治理”到“边开采边治理”，从“抢救性治理”到“主动性治理”，从“修复性治理”到“保护性治理”，平顶山市依托一系列创新机制，走出了一条中原“煤城”特有的矿山治理之道。平顶山市副市长张弓最后接受记者采访时表示。

# 郏县 探索矿山生态修复新模式

2019-04-22 洛阳网－掌上洛阳

（翟毅晓） 昨日上午，由河南省委网信办、河南省自然资源厅联合开展的“生态文明媒体行”网络主题活动采访团来到平顶山市郏县茨芭镇，采访西蛇山地质环境治理项目。

## 部门联动，多举措进行绿化建设

近年来随着经济建设的发展，对建筑石料、碎石、水泥的需求日益增长，在经济利益的推动下，郏县矿山开采规模急剧扩大，致使生态环境的破坏日益严重。采石场残垣断壁，满目疮痍。开采形成的高陡边坡、矿坑、残留矿体，坡面岩层破碎，存在严重的崩塌地质灾害隐患，威胁当地群众和企业的生活、生产安全。

为积极推进生态文明建设，郏县县委、县政府主动作为，聘请专家团队对郏县露天矿山全面诊治，结合实际编制《矿山地质环境恢复与综合治理规划》，决定在全县实施“区内修复、区外补偿”双轨机制。

## 区内修复、区外补偿共推生态发展

“区内修复”主要是矿山企业在采区内，进行复土复绿，同时对矿区道路两侧植树绿化、悬崖峭壁挂网复绿，对一些无主废弃坑口，则由各乡镇政府开展恢复治理工作；“区内补偿”主要是按照“谁破坏、谁治理”“边开采、边治理”的原则，明确要求所有持证生产矿山矿区内无条件修复，矿区外延500米无条件补偿（不足的必须异地补偿）。同时要求常绿树种必须在80%以上，成活率必须在70%以上。

同时，为充分调动乡镇村、企业和社会积极性，因地制宜、因矿施策，按照“谁治理、谁受益”的原则，大力探索构建“政府主导、企业主责、群众参与、专业指导”的恢复治理新模式，解决了“钱从哪里来、树往哪里栽”的问题。

据了解，目前“区内修复露天矿区披新绿、区外补偿昔日荒山绿满园”的面貌已初步形成。东蛇山、中蛇山、西蛇山、莲花山、蛤蟆山、石厥山、二龙山、紫云山、仙女寨、梁家沟、鲁医河两岸已累计植树 200 多万株。特别是利用去冬今春植树季节，全县累计投入 1.2 亿元，完成恢复治理及生态补偿 2.1 万亩。以前的荒山秃岭，如今已经“草木蔓发，春山可望”！

**多方受益齐助社会经济发展**

区内修复、区外补偿”的模式，使企业成为造林绿化主体，既减轻了政府财政压力，也增加了矿区的绿化面积，为当地群众带来了绿色收益，实现了政府、企业、群众三方受益的效果，取得了良好的社会效益、生态效益、经济效益。

郏县县委书记丁国浩介绍，郏县还将生态修复治理工作与脱贫攻坚行动紧密结合，积极吸纳贫困户参与植树、浇水、管护等工作，促进增收；同时通过耕地林地面积的增加，种植核桃、桃树等，增加居民收入，取得了生态效益、经济效益和社会效益的有机统一。

“我们村有 20 多个上年纪的劳力在这里务工，整地、修路、除草等，干活不累，每天收入 150 元左右，加上地租，我们一年比之前多收入 3 万多元。”高楼村 60 多岁的高国宝说。

# 强力推进露天矿山生态修复补偿工作

## ——“生态文明媒体行”走进平顶山市郏县

2019-04-22 08:22:57 和讯网

4月21日上午，由河南省委网信办与省自然资源厅共同承办的“生态文明媒体行”走进平顶山市郏县。

近年来，郏县县委、县政府认真贯彻落实习近平总书记生态文明思想，牢固树立“绿水青山就是金山银山”的发展理念，确立了“生态立县”发展战略，提出了“绿满郏县、绿秀郏县、绿美郏县、绿富郏县”的奋斗目标。

### 全面统筹，科学施策

聘请专家团队，对郏县露天矿山全面诊治，结合实际编制《矿山地质环境恢复与综合治理规划》。督促指导全县矿山企业编制完成《矿山地质环境保护与土地复垦方案》《一矿一策综合整治方案》，聘请河南省地质矿产勘查开发局第一环境调查院为技术顾问，编制《郏县露天矿山矿区及周边影响区生态修复治理建议书》，为矿山绿化提供明确目标和科学依据，确保了矿山绿化“一张蓝图绘到底、一体共治保生态”。

### 政府主导，明确重点

郏县政府印发《郏县人民政府关于加强矿山环境治理生态修复工作的通

知》，明确全县矿山恢复治理工作目标、重点任务，动员各涉矿乡镇、各矿山企业大力开展矿山修复和生态补偿工作。

### 创新机制，全员参与

探索恢复治理模式，充分调动乡镇村、企业和社会的积极性，因地制宜、因矿施策，按照“谁治理、谁受益”的原则，大力探索构建“政府主导、企业主责、群众参与、专业指导”的恢复治理新模式。

探索恢复治理新机制，实施“区内修复、区外补偿”双轨制，明确要求所有持证生产矿山矿区内无条件修复，矿区外延500米无条件补偿（不足的必须异地补偿）。同时要求常绿树种必须在80%以上，成活率必须在70%以上。

探索恢复治理约束机制，对矿山企业实行“三书约束”，即签订“依法依规开采承诺书”“依法依规开采告知书”“问题整改通知书”。

### 持续加压，强化督察

充分发扬郏县拆旧复垦精神，采用拆旧复垦成功经验，像抓拆旧复垦一样抓矿山绿化。郏县自然资源部门会同县督察部门，采取周通报、月排名等方式，督促各涉矿乡镇开展无主坑口恢复治理工作，督促各矿山企业加快区内修复和区外补偿进度；明确工作要求，对进度缓慢、不能按时完成复绿任务的企业，一次通报，两次警告，三次责令停产整顿；对落后的乡镇进行通报，并计入年终考核成绩。

通过不懈努力，“区内修复露天矿区披新绿、区外补偿昔日荒山绿满园”的面貌已初步形成，东蛇山、中蛇山、西蛇山、莲花山、蛤蟆山、石厥山、二龙山、紫云山、仙女寨、梁家沟、鲁医河两岸已累计植树200多万株。特别是利用去冬今春植树季节，全县累计投入1.2亿元，完成恢复治理及生态补偿2.04万亩。以前的荒山秃岭，如今已经“草木蔓发，春山可望”，受到了国家和省、市自然资源部门的高度认可，获得了人民群众的高度评价。

茨芭镇西蛇山美景

# 做好矿山整治文章　打赢生态修复硬仗

## ——“生态文明媒体行”走进平顶山市宝丰县

2019-04-22　08:26:03　和讯网

宝丰县县委书记、县长许红兵向记者介绍矿山修复工作

4月21日下午，由河南省委网信办与省自然资源厅共同承办的“生态文明媒体行”走进平顶山市宝丰县。近年来，宝丰县通过思想引导、铁腕整治、齐抓共管，着力构建“政府领导、部门联动、企业主体、社会参与、透明公开、快速推进”的工作局面，全县矿山生态环境综合整治工作取得了显著成效。

### 传承生态文明思想，构建完善落实体系

露天矿山综合整治是一项为子孙后代造福的工程。宝丰县成立以县委书记、县长任组长的领导小组，先后印发一系列制度文件，明确全县露天矿山综合整治总体目标、工作原则、职责分工和相关要求，建立并实行班子成员、股室负责人、工作人员“三级”包矿，实现无死角管控。

### 多措并举实施整治，高效协作取得实效

为全面查清露天矿山开发利用现状，宝丰县以卫星地图为基础，逐一对照图斑进行现场核查。使用无人机空中摄像、拍照，通过整理掌握所有有主矿山和无主矿山开采现状，逐矿建立台账，编制一矿一策，开展综合整治。经过认真核查，全县共有持证矿山14座，其中省级发证6座、市级发证3座、县级发证5座，开采矿种以铝土矿和水泥灰岩矿为主。

在整治工作中，宝丰县坚持“正确引导、舆论先行”，认真贯彻落实省、市露天矿山综合整治工作部署。县委书记、县长多次主持召开全县露天矿山整治工作动员会、现场会，引导企业认清形势，担起主责，将偿还生态环境恢复治理“旧账”作为当前的压倒性任务，按照“谁开采谁保护、边开

采边治理”的原则，依法履行矿山地质环境保护与治理义务。同时，通过适时召开观摩会、现场会等方式，鼓励先进，鞭策后进，依法推进铁腕治矿、铁腕治污，全县矿区生态环境明显改善。

**实施综合整治，加快生态修复**

宝丰县坚持“一体共治建生态”的总体思路，大力部署实施生态整体修复、国土绿化提速行动，以工矿废弃地综合整治、露天矿山综合整治、采煤沉陷区综合治理等为抓手，确保习近平生态文明思想在宝丰县落地生根、开花结果。

**持续推进工矿废弃地整治，实现“变废为宝”**

编制完成《宝丰县工矿废弃地复垦利用专项规划（2016—2020年）》，实施工矿废弃地复垦项目5个，分别为张八桥镇山张村等9个村工矿废弃地项目、张八桥镇外良村等7个村工矿废弃地项目、周庄镇周庄村等3个村工矿废弃地项目、大营镇赵庄村等5个村工矿废弃地项目和杨庄镇工矿废弃地项目，总投资2.11亿元，总规模7000多亩，实施后新增耕地5800余亩，目前已复垦3300余亩。较好地形成了“平台融资—土地整治—收益共享”的整治模式，取得了良好的生态效益、经济效益和社会效益。

**开展矿山综合整治，加快矿区生态修复**

对有证矿山，实施综合整治。对证照不全，没有严格按照自然资源、环保、水利、安监等相关法律法规、政策制度、管理要求和相关方案实施开采、治理和保护，特别是污染治理不规范、排放不达标的露天矿山一律停产整顿。对证照齐全、手续完备、经整改达到复工条件的露天矿山企业，由县露天矿山企业综合整治复工验收工作领导小组实地验收。宝丰县永顺铝土有限公司、河南省大地水泥有限公司等5座矿山已通过复工验收，其余9座全部处于停产整顿状态。

目前，宝丰县露天矿山企业通过申请地质环境恢复治理基金、自筹资金等方式，按照宜耕则耕、宜林则林、宜草则草和因地制宜、一矿一策的原则进行整治。目前，已治理面积1821亩，植树11万株，硬化道路1020米，投入资金3729万元，实现了矿区生态环境明显好转，真正达到绿色建设。

对无主矿山，实行政府兜底。为使责任主体灭失和无法查清责任人的历

宝丰县自然资源局局长张义辉介绍情况

史遗留采矿点生态环境得到修复，宝丰县坚持规划先行，编制实施了《宝丰县矿山地质环境恢复与综合治理规划（2017—2025年）》，并创新工作方法，委托有资质的中介机构进行勘察设计，以国有公司为平台，吸进社会资本投资生态修复和绿化，探索出了“宝丰模式”，成为全省矿山生态治理的三大模式之一。《河南日报》、人民网、央广网等多家新闻媒体均进行了报道，在全省推广。

目前，由宝丰县金地公司编制可行性报告进行施工，先期开展了大营九子山、观音堂宋沟等废弃矿山生态修复工程。目前，观音堂林站宋沟铁矿区已整治面积54亩，植树1.5万株；九子山矿区整治79亩，整修道路2.5千米，植树1万余株。同时，对观音堂林站两处露天采矿点也进行了恢复治理，现已完成恢复治理面积9亩，种植常绿树木1300余株。

加快采煤沉陷区治理，打造秀美“花果山”。2015年以来，宝丰县按照“谁治理、谁受益”的工作思路，吸纳社会资金1.73亿元对大营镇韩庄矿区开展矿山地质环境综合治理。投资100多万元种植樱桃600亩、石榴200亩、柿子100亩、核桃100亩等，使项目区绿化率达到优质生态环境地区标准。投资500多万元开展荒山造梯田、老村庄复垦，新增土地3400亩以上。依托地形地貌建设九龙湖，不仅改善了当地的生态环境，还解决了周边地区雨季内涝情况。通过对项目区2.93平方千米的系统整治，使过去脏、乱、差的工矿废弃地变成了风景秀美、生态宜居的“花果山”。2018年，宝丰县还申请财政资金1061万元，拟对大营镇韩庄采煤沉陷区进行深入治理，现已完成规划设计，预计今年下半年进入实施阶段。

整治废弃地建设公益基地。2019年初，宝丰县与市自然资源和规划局在张八桥镇山张村等，共建千余亩山区丘陵地作为生态公益林基地，通过综合整治，改良土壤结构，种植绿化苗木，改善生态环境，种植黄桃、核桃等优质果树增加群众收入，实现一举多效。计划在3~5年内，把公益林打造成“三季有花，四季有果”的生态示范基地。目前，一期工程已投资约100万元，流转土地 200 亩，植树 1 万余株，已进入正常管护阶段。

宝丰县将继续深入贯彻习近平生态文明思想，坚定不移走生态优先、绿色发展新道路，坚决扛起生态文明建设的政治责任，严格按照“一体共治建生态”的总体思路，实施东部山体、西部山体两项生态修复工程，守好绿水青山，释放生态红利，进一步增强 52 万人民群众的生态安全感、获得感、幸福感，为建设美丽河南做出积极贡献！

# 平顶山市示范区
# 以绿荫城、以水润城、以文化城、以业兴城

——“生态文明媒体行”走进平顶山市示范区

2019-04-22 08:31:16 和讯网

4月21日，“生态文明媒体行”来到平顶山市。近年来，平顶山市委、市政府全面贯彻落实习近平生态文明思想，进一步强化生态环境保护，不断加大矿山修复和综合治理力度，推出一系列政策措施，矿山生态环境治理取得显著成效。平顶山市城乡一体化示范区正是展现今日平顶山魅力的一张城市风景名片。

平顶山市城乡一体化示范区在市委、市政府的正确领导下，围绕平顶山市提升“八个度”，充分发挥示范区优越的环境生态优势，倾力打造绿色生态新城，描绘现代版的“富春山居图”。

平顶山市城乡一体化示范区位于平顶山城区西部，规划总面积295平方千米，直接管辖67平方千米，是连接平顶山城区和宝丰县、鲁山县、郏县，推动城乡一体发展的核心区，其功能定位为“三区一中心”。

近年来，平顶山市城乡一体化示范区（可简称“示范区”）在市委、市政府正确领导下，牢固树立绿色发展理念，扎实践行“学理论、学典型，比担当、比实干，争先进、争出彩”的“两学两比两争”要求，围绕平顶山市提升“八个度”，充分发挥示范区优越的环境生态优势，倾力打造绿色生态新城，描绘现代版的“富春山居图”，以实际行动为平顶山市综合实力高质量重返全省第一方阵做出贡献，向中华人民共和国成立 70 周年献礼。

平顶山市城乡一体化示范区坚持以绿荫城、以水润城、以文化城、以业兴城，着力建设城在园中、景在城中，山城水相融的公园型城市。围绕城市生态景观提升改造工程，不断巩固城市生态“内核”，扮靓城市生态“外环”，先后实施了叠翠园、集芳园、朱砂洞、月季公园、梅园公园、秀林园、四宜园、西干渠景观带等多项城市景观游园工程，并对龙翔大道、梅园路、夏耘路、春华路、滍水路、菊香路进行绿化景观提档。建绿地、赏美景，打造最美新城。

春日里的示范区，天蓝水碧、百花争艳、风清气爽，昔日的荒山滩涂完成了华丽转身。

同时，示范区持续加大城市基础设施建设力度，未来路北延、建设路西延、滍水路、吉祥路南段、创新路、梅园路北段等 18 条断头路全面推进建设，阻碍居民出行的“关卡”正一个个被打通。目前，示范区已建设并投入使用主干道 20 多条，外通内联、便捷高效的交通网络正逐步形成。

作为平顶山市区最具代表性的特色景观，白龟湖国家湿地公园规划建设面积 6.73 平方千米，其中湿地面积 4.97 平方千米，已建成面积 1.5 平方千米，是中原地区淡水自然湖泊湿地的典型代表。2014 年 9 月，白龟湖国家湿地公园被国家林业局授予“国家生态文明教育基地”，2016 年 8 月通过验收，成为“国家湿地公园”。

在湿地公园的西部，是新建设的秀林园。秀林园占地面积约 30 万平方米，其中水体面积约 9 万平方米，依托自然地貌，突出原生态主题，建成了 7 个互相贯通的湖塘、10 座岛屿和七星问月、尚贤台等彰显地域文化特色的景观节点，既是对东部湿地公园的延伸，又因其突出的原生特色，与东部景观区相映成趣。

在白龟湖国家湿地公园鹭栖湾广场，坐落着占地30万平方米的平顶山市好人园，包括历代先贤、时代英模、道德模范等30人的实绩和故事以天然石刻方式展示，传承着鹰城大地的底蕴与精神。

### 在水域治理层面

开展了为期半年的白龟湖综合整治工作，全面取缔了示范区在白龟湖管辖范围内的人工养鱼设施，全面清理停运采砂船、游船快艇，取缔邻水畜禽养殖点。强化常态管理，定期开展集中清查行动，组建50人规模的巡查队，分组开展昼夜不巡查，严厉打击整治非法捕鱼和养殖活动。清理规范白龟湖周边餐饮店铺，加大日常环境监管力度，防止各类污染源排进白龟湖。

### 在产业布局层面

把“绿色、节能、低排、环保”作为先决标准，在示范区全域内，发展新能源环保产业、文化生态旅游和高端服务业、生物医药及大健康产业、大数据互联网产业、高科技电子通信产业等主导产业，全区没有一家高污染、高能耗、高排放企业。

### 在环境治理层面

取缔“小散乱污”426家，全面清理燃煤散烧治理，扎实推进“两替代”工作，开展建筑工地扬尘治理专项攻坚行动，通过环境监测无人机、移动空气质量监测系统等多种高科技手段，加强对环境污染监控管理，并取得突出成效。示范区细颗粒物（PM2.5）平均浓度、可吸入颗粒物（PM10）平均浓度和优良天气天数，长期保持在全市前列。

### 在行为引导层面

持续广泛深入宣传新的发展理念，开展了为期三年的“绿色行动计划”，党员带头乘公交、骑自行车出行，定期开展志愿服务，人人动手保持环境卫生，有力引导和带动广大群众强化环境保护观念，践行绿色生活方式，遵守文明公约，让绿色、自然、生态、环保成为每一个示范区人的共同自觉。

# 平顶山创新矿山治理模式，探索出发展与治理协调推进的新路子

2019-04-22 一点资讯郑州

（李明亮） 21日，河南“生态文明媒体行”媒体团先后来到平顶山市郏县、宝丰县，实地考察郏县矿区“边修复边开采，区内修复区外补偿”治理模式和宝丰县“边开采边治理，规划开采治理相结合，兼顾经济效益与社会效益协调统一”的治理模式。

郏县县委书记丁国浩作现场介绍

21日上午，“生态文明媒体行”媒体团（可简称“媒体团”）听取郏县县委书记丁国浩关于郏县矿山治理新模式的介绍。丁国浩说，郏县县委、县政府认真贯彻落实习近平总书记生态文明思想，牢固树立“绿水青山就是金山银山”的发展理念，确立了“生态立县”发展战略，提出了“绿满郏县、绿秀郏县、绿美郏县、绿富郏县”的奋斗目标。针对矿山治理，郏县创新工作理念，主动担当作为，采取果断有效措施，实行“区内修复、区外补偿”双轨机制，构建“政府主导、企业主责、群众参与”的生态建设新模式。

“区内修复”就是矿山企业在采区内进行复土复绿，同时对矿区道路两侧植树绿化、悬崖峭壁挂网复绿。规定各矿山开采面资源没有采尽、没有完成生态修复的，一律不得再开新坑口、新采面；对于一些无主废弃坑口，则由乡镇政府开展恢复治理工作。特别要求全县所有持证生产矿山在不破坏原有地形地貌、自然生态环境基础上，采取宜林则林、宜草则草，乔木灌木相结合的方式开展矿山综合治理。“区外补偿”是按照“谁破坏、谁治理”“边开发、边治理”的原则，要求全县所有持证生产矿山在完成矿区内恢复治理任务的同时，充分利用冬春有利时机，把矿区边沿周围500米范围纳入义务

植树区，由矿山企业负责，全部植树造林；持证未生产矿山，在开始生产前，必须完成矿区周围500米范围内的植树造林工作，否则不准开工生产。对于一些交叉重复地区或周边不到500米的范围，由政府部门协调，在其他适宜植树造林的地方另外选择生态补偿区，以完成生态补偿任务。

“政府主导、企业主责、群众参与”，就是政府发挥主导作用，企业履行主体责任，当地群众积极参与。

郏县通过实施“区内修复、区外补偿”模式，使企业成为造林绿化主体，既减轻了政府的财政压力，也增加了矿区的绿化面积。通过土地修复和经济作物的种植，又解决了困难群众的就业和脱贫攻坚难题，实现了政府、企业、群众三方受益的效果，取得了良好的社会效益、生态效益、经济效益。

丁国浩强调，下一步，郏县将继续创新理念，加强后期管护，强力推进绿色矿山建设，早日实现“绿满郏县、绿秀郏县、绿美郏县、绿富郏县”，为建设“森林平顶山”“森林河南”“出彩中原”做出新的更大贡献。

21日下午，媒体团来到宝丰县，通过实地采访，媒体团深入对整治项目情况、整治后耕作种植结构、新村易地搬迁及生态环境改善等进行了解。同时听取了郏县县委书记、县长许红兵和自然资源部门负责人的介绍。

许红兵说，露天矿山综合整治是一项为子孙后代造福的工程。为确保工作实效，宝丰县成立了以县委书记、县长任组长的领导小组，先后印发《露天矿山综合整治实施方案》《露天矿山复工验收工作方案》《建立县级领导包矿和乡镇领导驻矿责任制度》等规范性制度文件，明确全县露天矿山综合整治的总体目标，实行“三级”包矿，实现无死角管控。

宝丰县生态治理变被动性治理为主动性治理，变修复性治理为保护性治理，保护性治理结合前期规划治理，“边开采、边治理”，使生态文明方针得到贯彻落实，生态文明理念越来越深入人心，生态效果得到极大展现，使原来满目疮痍的矿区得到修复，实现了生态效益和经济效益相统一，使绿水青山变成金山银山。

2017年以来，宝丰县政府利用省国土资源开发投资中心的资金优势，根据县域土地利用现状，实施了张八桥镇等4个乡镇5个综合整治项目，宝丰县已成功探索出了“平台融资—土地整治—收益共享”的工矿废弃地整治模式，项目验收后产生的用地指标优先保障重点项目等用地需求，取得了良好的生态效益、经济效益和社会效益。

在采煤沉陷区综合整治项目上，为改善生态环境和人居环境，扭转因早期采矿形成的采煤沉陷区对当地群众生活、生命财产安全的严重威胁，宝丰县委、县政府创新思路，按照“谁治理、谁受益”的原则，并对投资人给予政策上的倾斜，着力引导社会资金投入，对大营镇韩庄矿区采煤沉陷区进行了综合整治，第一期已完成695亩。通过地质环境恢复治理、山地荒坡造田、旧村庄宅基地复垦、利用塌陷低洼挖湖引水、种植景观植物美化环境、植树造林等措施改善生态和人居环境。

宝丰县的露天矿山综合整治工作结合全县实际，在全市率先实现“五个第一”。即第一个出台露天矿山综合整治方案，第一个成立露天矿山整治领导小组，第一个完成“一矿一策”编制，第一个落实“三级”包矿制度，第一个按“一矿一策”对矿山企业停工整改。通过露天矿山整治，坚决落实“边开采、边治理”的要求，改变过去矿山闭坑后才进行恢复治理的老路子，最大限度地减少因资源开采对生态环境的破坏。目前，全县露天矿区环境明显改善，生态系统得到了更好的恢复。

许红兵表示，宝丰县将继续深入贯彻习近平总书记生态文明思想，坚定

不移地走生态优先、绿色发展的新道路，坚决扛起生态文明建设的政治责任，严格按照“一体共治建生态”的总体思路，实施东部山体、西部山体两项生态修复工程，守好绿水青山，释放生态红利，进一步增强全县人民群众的生态安全感、获得感、幸福感，为建设美丽河南做出积极贡献！

平顶山市副市长张弓详细讲解了“只开采不治理”的旧模式所带来的危害——水质污染、地面下沉、扬尘污染、村民房屋塌陷等，对微环境造成了极大的伤害，平顶山市现在采取“边开采、边治理”“边开采、边保护”“谁开采谁治理、谁开发谁治理、谁投入谁受益”的矿山治理机制，解决了钱从哪里来的问题。在治理过程中购买劳动力，治理后发展经济林，多方位实现了农民增收，并借助治理成果顺势发展生态旅游。平顶山市矿山治理着力通过行政手段＋市场“机制”，形成平顶山市矿山治理的长效机制，最终实现荒山废山变金山银山。

无论郏县模式还是宝丰模式，通过荒山废山修复治理，种植粮食瓜果林木，做到了变荒山废山为绿水青山，再通过发展全域生态旅游，又做到了变绿水青山为金山银山，实现了经济效益、生态效益，社会效益的协调统一，另外也助力打赢了脱贫攻坚战。

平顶山市作为资源性城市，对于历史欠账，张弓副市长还介绍了平顶山市近年来通过“工程治理＋生物治理”的办法在国土绿化、河道整治、污水治理方面所取得的成绩。

平顶山市副市长刘颖，副秘书长娄晓庆、郭栓谨，市自然资源局局长陈光明，市网信办主任杨东亚等陪同考察。

平顶山市副市长张弓现场接受记者采访

# 洛阳篇

# 河南洛阳：让荒山开出“金色”花朵

2019-04-27 18:31:00 光明日报客户端

（丁 艳） 河南省洛阳市是千年古城，居天下之中，处九州腹地。洛阳市更是一座资源富集的城市，金、银、铅、锌等矿产十分丰富。为了开采丰富的矿产资源，洛阳市的生态环境遭到了破坏。近年来，为了响应国家“绿色矿山”行动，优化洛阳生态环境，洛阳市在治理矿山方面下足了功夫。

## 从源头解决污染问题

洛阳市洛宁县地处豫西山区、洛河中游，自然资源丰富，是中国黄金协会命名的“十大产金县”之一。近年来，洛宁县紧紧围绕退矿还绿、探矿护绿、采矿复绿的工作思路，坚持边开发边生产、边治理边恢复。

对于绿色矿山，洛宁县的河南发恩德矿业有限公司有自己的理解。“在源头减少和解决采矿对环境带来的伤害，才是对于绿色矿山最好的解读。”据河南发恩德矿业有限公司相关负责人介绍，矿区使用的生产用水全部可以循环使用；对于生产产生的粉尘，采取喷雾、洒水等除尘方式解决。在尾矿的处理上，通过逐级堆坝和以沙代坝的方式将矿渣全部恢复成草地与林地。目前，公司在土地复垦及地质环境恢复治理工程方面投入超过1000万元，绿化面积超过20万平方米。

洛阳的废弃矿山如今已旧貌换新颜

“洛宁县是国家扶贫开发重点县，在绿色发展的同时也不忘帮助群众脱贫致富。我们坚持绿色发展，共同致富。”洛宁县委副书记、县长周东柯表示，对于破坏生态环境而增长的 GDP，他们宁可不要。

洛宁全县加大矿山地质环境恢复治理力度，推进矿山复绿。目前，全县所有矿山企业已足额缴纳了矿山环境恢复治理保证金，累计完成投资 2.5 亿元，绿化治理矿区面积 32 平方千米，栽植树木 760 万株，撒播草籽 300 余公斤。

### 一坑一策　全面复绿

由于矿山开采历史悠久，部分矿山企业在开采中存在重开采、轻治理的思想，洛阳市新安县矿山治理的难度也更大、更具挑战性。面对重压，新安县对于矿山环境恢复治理工作也更加重视。据了解，目前，已修复废旧矿坑 5300 余亩，让全县 3000 余亩矿山“灰装”变“绿装”，工作取得了明显成效。

矿山生态环境修复是新安县生态环境治理的重要一环。2019 年以来，该县以非煤矿山“环境治理”和“生态修复”两项整治为重点，全面摸排，压实责任，共排查出遗留矿坑 96 处，面积 3000 余亩。对排查出的矿坑，按照“有坑主找坑主，无坑主找企业，无企业找属地”的原则进行治理。在治理过程中，该县突出工作重点，一坑一策，逐一制订整治方案，限期完成治理任务。治理恢复工作根据不同地貌及裸露挂白情况，采取平整土地、客土回填、播撒草籽、种植树苗和藤类植物等措施，达到全面覆绿效果。放眼望去，如今的新安县已被层层叠叠的绿色覆盖。

“洛阳对于绿色矿山建设实施‘五化管理’（即勘探开采科学化、固废液废资源化、矿区环境生态化、企业管理数字化、社区矿区和谐化）的先进管理模式。”洛阳市自然资源和规划局副局长秦传钧表示，生态与经济的和谐发展，需要动态模式，而不是静态模式。曾经的荒山，不开采，不治理，就是永远的荒山。对于荒山，边开采、边治理、边收益，才是正解。

# 河南洛宁：坚守绿色矿山建设　赢得“金山银山”

2019-04-23　09:25:00　央广网河南分网

央广网河南分网4月23日消息（陈文杰　文/图）　4月22日，由河南省委网信办与河南省自然资源厅共同承办“生态文明媒体行”采访团一行来到洛阳市洛宁县“国家级绿色矿山单位”——河南发恩德矿业有限公司，实地采访该公司是如何边开发、边生产、边治理、边恢复进行生态修复的。

“生态文明媒体行”采访团实地采访洛阳绿色矿山企业

河南发恩德矿业有限公司，是加拿大希尔威金属有限公司与河南有色地质矿产有限公司合作成立的地质勘探和矿山开发企业，主要在豫西地区开展以铅、锌、银为主的风险勘查与开发工作，目前矿区面积68.677平方千米，采矿规模为每年50.8万吨，选矿设计能力为每年50万吨。

据悉，2006年至今，该公司累计上缴利税近30亿元，是洛阳市、洛宁县重点工业企业，连续六年进入“河南纳税百强”，为地方经济和社会发展做出了突出贡献。

目前，该公司总投资1.5亿元的月亮沟矿区“绿色矿山”建设项目已经通过自然资源部验收。项目共完成7座拦渣坝、5个废石场，35000平方米覆土绿化、5条主要防排洪隧（管）道、5600余平方米矿区绿化等工程。

河南发恩德矿业有限公司总经理朋礼常接受媒体采访

据介绍，洛宁县严格贯彻“绿水青山就是金山银山”的绿色发展理念，坚持把绿色矿山建设作为促进生态文明建设、推动经济高质量发展的一项重要举措来抓，紧紧围绕退矿还绿、探矿护绿、采矿复绿的工作思路，进一步加强领导、落实责任、突出重点、统筹推进，全县绿色矿山建设取得了阶段性成效。

“全县矿山企业要坚守生态保护红线，大力推进绿色勘查和绿色开采，从源头上减少和控制矿产资源开采过程中对生态环境的影响，同时要加大矿山地质环境恢复治理力度，推进矿山复绿。”洛宁县委副书记、县长周东柯表示，要持续把绿色矿山建设作为全县经济建设的新的内生动力。

洛阳市、新安县领导与“生态文明媒体行”采访团成员座谈交流

# 新安县：一坑一策 打造绿色矿山

2019-04-22 23:52:00 中华网河南

4月22日下午，由河南省委网信办、省自然资源厅联合开展的“生态文明媒体行”网络主题活动，走进洛阳市新安县，采访新安县矿山生态修复情况。

矿山生态环境修复是新安县生态环境治理的重要一环，2019年以来，新安县以非煤矿山“环境治理”和“生态修复”两项整治为重点，开展了卓有成效的专项整治活动，让全县3000余亩矿山“灰装”变“绿装”。

全县按照“横向到边、纵向到底、不留空缺、不留死角”的工作要求，对全县非煤矿山开采遗留的矿坑进行了全面排查摸底，排查出遗留矿坑共计96处，面积3000余亩。对排查出的矿坑，按照“有坑主找坑主，无坑主找企业，无企业找属地”的原则，明确任务，压实治理责任人。

恢复治理工作按照因山因势、因地制宜，实行先急后缓的原则，将采矿取土成区连片、问题集中的中铝、香江铝土矿采矿区作为重点先行治理。按照一坑一策的原则，逐一制订整治方案，限期完成治理任务。

治理恢复工作根据不同地貌及裸露挂白情况，采取平整土地、客土回填、播撒草籽、种植树苗和藤类植物等措施，达到全面复绿效果。能恢复成耕地的，尽量恢复成耕地，确保全县耕地面积基本稳定。同时，对恢复成耕地的，切实保证有最少50厘米的黄土耕作层，保证农民能够耕种。

据悉，新安县已完成香江万基石寺铝土矿孟庄采区和马行沟铝土矿安子岭采区、中铝石寺铝土矿贾沟矿区、青石沟铝土矿和中联铁门方山石灰石矿等一批矿山生态修复工程。共计恢复土地5300余亩，栽植各种经济林7万余株，全县矿山企业已完成围挡施工5600延米。抑尘网覆盖110余万平方米，配置雾炮机、洒水车80余台。

# 看矿山披上“绿色外衣”

2019-04-22　23:37:00　中华网河南

4 月 22 日上午，由河南省委网信办、省自然资源厅联合开展的“生态文明媒体行”网络主题活动，第三站走进洛阳市洛宁县“国家级绿色矿山单位”——河南发恩德矿业有限公司，看该公司是如何边开发边生产、边治理边恢复进行生态修复的。

河南发恩德矿业有限公司是加拿大希尔威金属有限公司与河南有色地质矿产有限公司合作成立的地质勘探和矿山开发企业，主要在豫西地区开展以铅、锌、银为主的风险勘查与开发工作，目前矿区面积 68.677 平方千米，采矿规模为每年 50.8 万吨，选矿设计能力为每年 50 万吨。

近年来，随着“绿水青山就是金山银山”的发展理念的提出，洛宁县坚持把绿色矿山建设作为促进生态文明建设、推动经济高质量发展的一项重要举措来抓，紧紧围绕退矿还绿、探矿护绿、采矿复绿的工作思路，进一步加强领导、落实责任、突出重点、统筹推进，全县绿色矿山建设取得了阶段性成效。

## 边开发边生产、边治理边恢复

据现场负责人介绍，河南发恩德矿业有限公司坚持边开发边生产、边治理边恢复进行生态修复，严格按照国家、省市关于绿色矿山建设的意见和要求，因地制宜对损坏山体、尾矿库等进行复垦披绿和恢复治理，对矿区开采区、

河南发恩德矿业有限公司负责人向媒体介绍矿山修复情况

生成区、生活区、办公区及周边环境进行综合治理。

在2017年建成投入使用的16.5千米矿井涌水回用管道工程将矿井涌水无害化处理后回排至选厂作为生产用水；对生活废水采用“生化处理＋人工湿地”处理的工艺，出水全部回用于矿区冲厕、绿化浇灌等，不外排；在粉尘处理方面，采取喷雾、洒水、湿式凿岩、加设除尘器等措施处置采选过程中产生的粉尘，矿区大气环境质量能够符合《环境空气质量标准》（GB 3095—2012）二级标准。为有效地减少地质灾害影响，保护矿山地质环境，2017年以来公司投资近500万元，建设完成各类防洪工程；在地质环境治理恢复与土地复垦方面，严格按照资源开发利用方案、矿山地质环境治理恢复方案、土地复垦方案同时设计、同时施工、同时投入生产和管理，确保矿区环境得到及时治理和恢复。目前，公司在土地复垦及地质环境恢复治理方面投入超过1000万元，绿化面积超过20万平方米。

媒体记者参观河南发恩德矿业有限公司

目前，总投资1.5亿元的河南发恩德矿业有限公司月亮沟矿区“绿色矿山”建设项目已经通过国土资源部验收。该项目共完成7座拦渣坝、5个废石场，35000平方米覆土绿化、5条主要防排洪隧（管）道、5600余平方米矿区绿化等工程。

**推进矿山复绿　改善生态环境**

加大矿山地质环境恢复治理力度，推进矿山复绿。洛宁县要求各矿区企业坚持边开发、边生产、边治理、边恢复进行生态的修复，严格按照国家、省市关于绿色矿山建设的意见和要求，认真制订了全县绿色矿山建设工作实施方案，进一步明确了绿色矿山建设的总体要求、建设目标和重点任务等，并严格落实矿山环境恢复治理保证金制度，每年向各企业下达矿山披绿指标任务。目前，全县所有矿山企业已足额缴纳了矿山环境恢复治理保证金，累计完成投资2.5亿元，绿化治理矿区面积32平方千米，栽植树木760万株，撒播草籽300余公斤。

# 洛阳：矿山披“绿装”<br>生态环境动态治理效益凸显

2019-04-23　09:46:00　中国搜索

中国搜索洛阳4月23日讯（刘　洋）　尾矿库逐级堆坝，覆土植草绿满坡；露天矿坑土地平整，植树种粮复垦复耕……矿山开采与优美生态，看似一对不可调和的矛盾，在洛阳市的洛宁县和新安县却呈现出一幅和谐的画面。

尾矿库与复绿的土地仅一坝之隔

4月22日，位于洛宁县下峪镇的河南发恩德矿业有限公司选矿车间内，机器轰鸣，选矿废水则通过管道源源不断地排至庄头尾矿库。偌大的尾矿库白茫茫一片，固渣与废水并存，让人不禁会有“污染环境”的担忧。

面对大家的疑虑，该公司总经理朋礼常解释说，选矿废水经尾矿库自然澄清后可以全部回收利用，实现“零排放”；而选矿后的固渣本身无害，堆积成片后会在上面覆一层土，用于种植草皮，以实现地质环境治理恢复和土地复垦。

同样是为了生态修复，中国铝业公司洛阳铝矿则对开采过后的露天矿坑，根据不同地貌及裸露挂白情况，采取平整土地、客土回填、播撒草籽、种植树苗和藤类植物等措施，达到全面复绿效果。能恢复成耕地的，尽量恢复成耕地。同时，对恢复成耕地的，切实保证有最少50厘米的黄土耕作层，保证农民能够耕种。

2019年以来，新安县共排查出遗留矿坑96处，面积3000余亩。对排查出的矿坑，“有坑主找坑主，无坑主找企业，无企业找属地”，压实治理责任人。恢复治理工作因地制宜、一坑一策，逐一制订整治方案。目前已完成香江万基石寺铝土矿孟庄采区和马行沟铝土矿安子岭采区、中铝石寺铝土矿贾沟矿区、青石沟铝土矿和中联铁门方山石灰石矿等一批矿山生态修复工程，共计恢复土地5300余亩，栽植各种经济林7万余株，成效显著。

尾矿在逐级堆坝后，被草皮覆盖

洛宁县则坚持把绿色矿山建设作为促进生态文明建设、推动经济高质量发展的一项重要举措，要求矿产企业边开发、边生产、边治理、边恢复，进行生态的修复。目前，全县矿山环境恢复累计完成投资2.5亿元，绿化治理矿区面积32平方千米，栽植树木760万株，撒播草籽300余公斤。

对于矿山地质环境治理和生态修复，洛阳市自然资源和规划局副局长秦传钧认为，我们应该动态地来看待，既不能先开采后治理或不治理，而是要边开采、边修复，也不能单纯地把矿产开采和生态保护对立起来。“对于一些难长草木的荒山，我们还是要开采，然后通过地质环境治理和生态修复，实现复垦复耕，创造更大的效益。”

“绿水青山就是金山银山”不能只是一句口号，要真正地落到实处，实现生态效益、经济效益、社会效益的有机统一。在新安县北冶镇宏升煤矿矿山环境恢复治理点，新安县自然资源局党委书记董强介绍，露天矿坑经过平整后，土地归还村集体，如果村民不愿意或无力种植，煤矿企业再以每年500元的价格返租，用于种植花椒、油葵、石榴，套种苜蓿等经济作物。村民还可以在此打工就业，实现增收，达到了多方共赢。

新安县自然资源局党委书记董强介绍情况

# 洛阳：金山银山还绿记

2019-04-23　11:15:00　河南日报客户端

（李　鹏）“真金白银！这就是传说中的家里有矿吧。”4月22日上午，采访团的年轻记者们在洛阳市洛宁县银矿企业中发出这样的赞叹。

既要金山银山也要绿水青山，绿水青山就是金山银山。如今，生态文明和绿色发展理念深入人心，很多生态文明金句让人脱口而出。而在洛阳市，不仅要把绿水青山打造为金山银山，也要让名副其实的金山银山重披绿装化青山。

洛宁，河洛文化的重要发祥处，中华文明渊源——“洛出书”之地，同时它也是中国黄金协会命名的“十大产金县”之一。洛宁县境内金、银、铅、锌等矿产资源丰富，可谓守着金山银山。近年来，洛宁积极推进绿色矿山建设，加大矿山地质环境恢复治理力度，退矿复绿，探矿护绿，采矿还绿。

绿色矿山建设下，只要实现勘探开发科学化，金山和青山可以兼得。河南日报客户端记者在洛宁县境内河南发恩德矿业有限公司实地采访了解到，他们通过创新再造工艺流程，资源综合利用率高达97%，远高于国内同行业90%左右的平均水平。

与石寺镇相距10余千米的北冶镇马行沟采区，是新安县矿山治理的一个缩影

河南发恩德矿业有限公司负责人介绍，矿区采用的选矿工艺技术是优先选铅，再选锌，充分利用矿石中的有价组分，提高回收率。在尾矿处理上，通过逐级堆坝、以沙代坝的治理恢复方式将矿渣全部恢复为草地林地。该矿已在还绿工程方面投入超过1000万元，还绿面积超20万平方米。

“洛宁把脱贫攻坚和绿色发展结合起来，我们的发展一定要实现绿色发展，那些破坏环境的GDP宁可不要。”洛宁县委副书记、县长周东柯接受河南日报客户端记者采访时表示。

当天下午，采访团一行来到洛阳市新安县。新安县境内以铝土矿居多，石寺镇北岭村和贾沟村，是中铝矿业洛阳分公司主采区之一。在矿区植被恢复治理现场远望，曾经千疮百孔的山体已被片片新绿覆盖，一排排整齐的侧柏和雪桃，依山就势，生机盎然。边开采、边治理，铝矿开采与土地造绿正在同步进行。

“看，我们的石榴、油葵、花椒、艾叶已经栽上了，这两天中国农科院给我们提供的苜蓿种子也会回来，套种后经济效益再翻一番！”新安县自然资源局党委书记董强挥手指给记者们看。

而10多年前的马行沟山体滑坡严重，矿区烟尘蔽日，在国土、扶贫等部门和企业的合力下，400 多户村民陆续搬入惠民新居，跟城里人一样用上了暖气。企业把治理后的绿地交还给村里，再从村里返租，切切实实保障了农民利益。

生态环境，尤其是洛阳市境内的矿山环境如何来治理？洛阳市自然资源和规划局副局长秦传钧对于生态环境的动态管理有着较为深入的思考，他向河南日报客户端记者介绍洛阳实施绿色矿山建设的“五化管理”，即勘探开发科学化、固废液废资源化、矿区环境生态化、企业管理数字化、社区矿区和谐化。

4 月 22 日，采访当日，正是“世界地球日”。金矿、银矿、铝土矿，满眼望去，这些金山银山是地球馈赠人类的宝贵财富，而通过合理开发后，给金山银山还绿，更是功在当代、利在千秋的事业。次日清晨，采访团车辆向三门峡方向驶去，离开洛阳市时回望，金山银山之上，已是绿水青山。

# 开发中治理、生产中修复
# 看洛宁荒山还绿“前置思维”

2019-04-24 11:12:00 大河网

大河网讯（何心悦） “珍爱美丽地球 守护自然资源”，4月22日是“世界地球日”。如今，不少工矿企业致力于在开采和生产环节提前干预生态恢复，以减轻地球负担。当天，“生态文明媒体行”采访团走进洛阳市洛宁县，探寻当地荒山还绿的“前置思维”。

洛宁县是华夏文化源头——“洛出书”之地，是中国黄金协会命名的“十大产金县”之一和丰富的银、铅、锌等矿产资源地。近年来，围绕退矿还绿、探矿护绿、采矿复绿的工作思路，全县绿色矿山建设取得了阶段性成效。

边开发、边生产、边治理、边修复，看似有悖常识，却已然成为不少洛阳市企业的成熟范式。当地采取“政府引导、企业主导”的措施，组织有条件的矿山企业申报“绿色矿山建设项目。河南发恩德矿业有限公司，就是其中之一。

河南发恩德矿业有限公司开展以铅、锌、银为主的风险勘查与开发工作，目前矿区面积有68.677平方千米，采矿规模为每年50.8万吨，选矿设计能力为每年50万吨。

2006年至今，河南发恩德矿业有限公司累计上缴利税近30亿元，连续六年进入“河南纳税百强”，2015年，被国土资源部命名为“国家级绿色矿山单位”。其月亮沟矿区“绿色矿山”建设项目已经过国土资源部验收，该项目共完成7座拦渣坝、5个废石场，35000平方米覆土绿化、5条主要防排洪隧（管）道、5600余平方米矿区绿化等工程。

生态恢复的“前置思维”，对于河南发恩德矿业有限公司来说，集中体现在选矿和尾矿堆渣上。

走进该公司的车间，机器的轰鸣伴随着矿石走过一道道选矿工序，一派热火朝天的生产景象。据悉，该公司 16.5 千米矿井涌水回用管道工程将矿井涌水无害化处理后回排至选厂作为生产用水；对生活废水采用“生化处理 + 人工湿地”处理的工艺，出水全部回用于矿区冲厕、绿化浇灌等，不外排。

该公司常务副总经理王永争说：“公司从技术工艺和生产流程上全面优化，目前我们资源利用率可超 95%，高于行业平均水平 5 个百分点，大力减轻水资源浪费，从技术上最大可能地减弱了对环境的伤害。”

为有效地降低地质灾害影响，2017 年以来该公司建设完成各类防洪工程。记者注意到在庄头尾矿库，由尾矿渣堆积而成的大坝已经有绿植覆盖。据该公司总经理朋礼常透露，未来还将把更多区域进一步恢复为草地和林地，目前，公司在土地复垦及地质环境恢复治理工程方面投入超过 1000 万元，绿化面积超过 20 万平方米。

洛宁县严格落实矿山环境恢复治理基金制度，每年向各企业下达矿山披绿指标任务，督促指导各企业对损坏山体、尾库等进行复垦披绿和恢复治理，对矿区开采区、生成区、生活区、办公区及周边环境进行综合治理。“目前，全县所有矿山企业均已足额缴纳了矿山环境恢复治理基金，累计完成投资 2.5 亿元，绿化治理矿区面积 32 平方千米，栽植树木 760 万株，撒播草籽将近 300 公斤。”洛宁县委副书记、县长周东柯告诉大河网记者，在他看来，宁愿牺牲造成生态破坏换来的 GDP 增长，也要坚持“脱贫攻坚 + 绿色经济”的良性化发展。

以绿色矿山建设为契机，以安全生产、环保达标、节能减排为切入点，洛宁县不断督促企业实施技能改造和环保达标工程。同时，洛宁县坚守生态保护红线，大力推进绿色勘查和绿色开采，从源头上减少和控制矿产资源开采过程中对生态环境的影响。

# 新安："一坑一策"让非煤矿山"灰妆"变"绿颜"

2019-04-24 11:11:00 大河网

大河网讯(何心悦) 近年来,新安县以非煤矿山"环境治理"和"生态修复"两项整治为重点，开展了卓有成效的专项整治活动。4月22日，"生态文明媒体行"采访团走进洛阳市新安县,看创新机制如何让全县3000余亩矿山"灰妆"变"绿颜"。

在中铝矿业洛阳分公司两个主采区——石寺镇北岭村和贾沟村，对比展板上治理前是一片荒芜，记者看到这里如今已经被绿色取代。

新安县对全县非煤矿山开采遗留的矿坑进行了全面排查摸底，排查出遗留矿坑共计96处，面积3000余亩。"恢复治理工作按照因山因势、因地因宜，实行先急后缓的原则，将采矿取土成区连片、问题集中的中铝、香江铝土矿采矿区作为重点先行治理，并按照'一坑一策'的原则，逐一制订整治方案，限期完成治理任务。"新安县自然资源局党委书记董强告诉采访团记者。

所谓"一坑一策"，就是"有坑主找坑主，无坑主找企业，无企业找属地，即乡或镇政府"，压实治理责任人。

北冶镇马行沟采区则把脱贫攻坚融入复绿工程中。"我们已经联系了中国农业科学院，很快苜蓿种子就会运来，可以在这里套种 1000 亩。”董强表示，这里已经种植了花椒、艾叶等经济作物，并且用工都是该村的贫困户和普通农民，让他们分享绿水青山带来的成果，促进脱贫致富和农户增收。

治理恢复工作根据不同地貌及裸露挂白情况，采取平整土地、客土回填、播撒草籽、种植树苗和藤类植物等措施，达到全面复绿效果。同时，对恢复成耕地的，切实保证有最少 50 厘米的黄土耕作层，保证农民能够耕种。

目前，该县已完成香江万基石寺铝土矿孟庄采区和马行沟铝土矿安子岭采区、中铝石寺铝土矿贾沟矿区、青石沟铝土矿和中联铁门方山石灰石矿等一批矿山生态修复工程。共恢复土地 5300 余亩，栽植各种经济林 7 万余株，全县矿山企业已完成围挡施工 5600 延米，抑尘网覆盖 110 余万平方米。

洛阳市自然资源和规划局副局长秦传钧表示，应动态看待矿区生态恢复，“当然要边开采、边修复，并且采矿和生态保护不能被视作对立的。比如对草木难生的荒山进行开采，并进行生态治理，能创造更大的效益”。

新安县从三个方面发力，综合施策，强力推进治理工作。

就矿山环境恢复治理工作，新安县自然资源局实行班子成员分包乡镇制度，要求每一名班子成员每天都必须到现场进行督导协调，及时与乡镇、企业沟通，实现了治理工作日日有进度、天天有新貌。对部分重点矿区、矿点，新安县国土资源局派专门执法人员，实行二十四小时轮班值守，重点监管，严防非法采矿行为的发生。

新安县采取采矿准入机制，提高环保准入门槛，从严控制矿业权。对申请开（复）工的非煤矿山企业，手续齐全、土地复垦保证金足额缴纳到位，并达到环保要求，安装喷淋设备，进行湿法作业的给予复工验收，否则不得恢复生产。

同时，大力转变矿山开采方式，做到“三同时”，即同时设计、同时施工、同时修复，实现矿山生态修复工作逐步消化“老账”，坚决不欠“新账”，开采一区，修复一区。

# 洛阳：看千年古都如何打造“绿色矿山”

2019-04-23 14:55:30 河南商报－掌中河南

（陈媛媛 王 蒙） “煌煌祖宗业，永怀河洛间。”洛阳不仅是一座历史源远流长、文化底蕴深厚的千年帝都，还是一座资源要素富集、宜居宜业宜商的希望之城。

4月22日正值“世界地球日”，采访团先后来到洛宁县、新安县，探访“绿色矿山”项目建设与露天矿治理工作进展及成效。

“河出图，洛出书”。河南省洛宁县矿区坐落在古老、美丽的洛水河畔，作为优秀的中外合作地质勘探和矿山开发项目，河南发恩德矿业有限公司月亮沟矿区“绿色矿山”建设项目于2015年11月通过国土资源部验收。

河南发恩德矿业有限公司负责人向记者介绍尾矿库复绿情况

在绿色矿山建设下，只要实现勘探开发科学化，金山和青山可以兼得。

河南商报记者了解到，河南发恩德矿业有限公司通过创新再造工艺流程，资源综合利用率达95%以上，远高于国内同行业90%左右的平均水平。

春树葱茏，清风拂面。随后，在位于洛宁县下峪镇的庄头矿山尾矿库，河南发恩德矿业有限公司总经理朋礼常说：“我们现在所在的尾矿库是一个山谷型尾矿库，选矿废水经尾矿库自然澄清后全部回收利用，废水回收利用率达70%。同时在尾矿库闭库后，通过逐级堆坝，以沙代坝的治理恢复方式可将矿渣全部恢复为草地林地。”

据了解，目前，该公司在土地复垦及地质环境恢复治理工程方面投入超过1000万元，绿化面积超过20万平方米。

“崩石欹山树，清涟曳水衣。”22日下午，采访团来到风景秀美的新安县。据悉，新安县境内以铝土矿居多，石寺镇的北岭村和贾沟村是中铝矿业洛阳分公司的主采区之一。

站在矿区植被恢复治理现场远望，曾经千疮百孔的山体已被片片新绿覆盖，一排排整齐的侧柏和雪桃，依山就势，生机盎然。

与石寺镇相距约 10 千米的北冶镇马行沟采区，是新安县矿山治理的一个缩影。

“看，我们的石榴、油葵、花椒、艾叶已经栽上了，这两天中国农科院给我们提供的苜蓿种子也会回来，套种后经济效益再翻一番！”新安县自然资源局党委书记董强说。

据了解，2019 年以来，新安县以非煤矿山“环境治理”和“生态修复”两项整治为重点，开展了卓有成效的专项整治活动，让全县 3000 余亩矿山“灰装”变“绿装”。

# 洛阳矿山复绿记：并不是开矿就会破坏环境，全力推动绿色矿山建设

2019-04-23 09:17:49 东方今报·猛犸新闻

（肖 萌 陆希婉） 在“世界地球日”到来之际，河南“生态文明媒体行”采访团一行来到洛阳市，聚焦河南省矿山生态环境整治、矿山生态修复。

洛阳市是资源要素富集、宜居宜业宜商之城，境内已探明矿产资源76种，

尾矿库复绿

其中，钼矿储量居全国首位，黄金产量居全国第三位。近年来，随着经济建设的发展，对金属矿藏的需求日益增长，矿山开采规模急剧扩大，致使生态环境遭到不同程度的破坏。洛阳市政府以“绿水青山就是金山银山”为发展理念，坚持把绿色矿山建设作为促进生态文明建设、推动经济高质量发展的一项重要举措来抓，开展退矿还绿、探矿护绿、采矿复绿等工作。

在河南发恩德矿业有限公司庄头绿色矿山尾矿库，一排排草阶已经初具规模，“我们的选矿废水经过尾矿库自然澄清后全部回收利用，实现了‘零排放’循环利用的环保目标。”河南发恩德矿业有限公司总经理朋礼常向记

者介绍其生产系统对于资源的综合回收利用状况，“我们选矿回收率分别为铅97%、锌92%、银96%，铅银回收率达到我国目前选矿先进水平（90%~92%）。”

据悉，河南发恩德矿业有限公司落实可持续发展、推进生态文明建设方面，在2017年建成投入使用的16.5千米矿井涌水回用管道工程将矿井涌水无害化处理后回排至选厂作为生产用水；对生活废水采用“生化处理＋人工湿地”处理的工艺，出水全部回用于矿区冲厕、绿化浇灌等，不外排；在粉尘处理方面，采取喷雾、洒水、湿式凿岩、加设除尘器等措施处置采选过程中产生的粉尘。

“我们3月份的大气环境质量在全省是排到第一的，我们现在所处的地段，负氧离子含量平均在15000个，通过这样一个指标的体现，就是达到了产业发展和生态效益的双丰收。”洛宁县委副书记、县长周东柯提到，河南发恩德矿业有限公司是洛宁县矿山经济的一个龙头企业，同时也是国家级绿色矿山的一个典范。

“不能为了发展经济牺牲了环境，不管什么样好的产业，只要说影响环境、影响可持续发展，就通通不要，我们要生态，要真正把‘绿水青山’变成‘金山银山’。”周东柯说。

记者了解到，洛阳市新安县目前已完成香江万基石寺铝土矿孟庄采区和马行沟铝土矿安子岭采区、中铝石寺铝土矿贾沟矿区、青石沟铝土矿和中联铁门方山石灰石矿等一批矿山生态修复工程，共计恢复土地5300余亩，栽植各种经济林7万余株。

新安县自然资源局党委书记董强介绍，在中国铝业公司洛阳铝矿北岭采区矿山环境恢复治理点，“目前已种植石榴600亩，油葵400亩，花椒、艾叶近300亩。现在已经跟农科院联系好了，马上要种1000亩的苜蓿。”通过种植来促进生态环境的改善。

“随着经济发展，我们应该用动态的观点看待生态恢复治理。”洛阳市自然资源和规划局副局长秦传钧告诉记者，他关于矿山生态修复的理念，“露天矿山通过综合整治能够实现矿山复绿、矿山复耕，所以说，并不是开矿就是对环境的破坏，开矿是对环境的改善。”

# 洛阳市：一坑一策＋严格管理 让废弃矿山变成绿色宝地

2019-04-25 17:57:00 映象网

映象网讯（燕子丹 文／图） 4月22日上午，由河南省委网信办、省自然资源厅联合开展的“生态文明媒体行”网络主题活动走进洛阳市洛宁县、新安县，采访两地矿山的生态修复情况。

**新安县：一坑一策 打造绿色矿山**

矿山生态环境修复是新安县生态环境治理的重要一环，2019年以来，新安县以非煤矿山“环境治理”和“生态修复”两项整治为重点，开展了卓有成效的专项整治活动，让全县3000余亩矿山“灰装”变“绿装”。

据介绍，全县按照“横向到边，纵向到底，不留空缺，不留死角”的工作要求，对全县非煤矿山开采遗留的矿坑进行了全面排查摸底，共排查出遗留矿坑96

矿山周边的树木已有郁郁成林之势

大片废弃的露天废矿如今已准备好复耕

处，面积3000余亩。对排查出的矿坑，按照“有坑主找坑主，无坑主找企业，无企业找属地”的原则，明确任务，落实治理责任人。

恢复治理工作按照因山因势、因地制宜，实行先急后缓的原则，将采矿取土成区连片、问题集中的中铝、香江铝土矿采矿区作为重点先行治理，并按照“一坑一策”的原则，逐一制订整治方案，限期完成治理任务。

治理恢复工作根据不同地貌及裸露挂白情况，采取平整土地、客土回填、播撒草籽、种植树苗和藤类植物等措施，达到全面复绿效果。能恢复成耕地的，尽量恢复成耕地，确保全县耕地面积基本稳定。同时，对恢复成耕地的，切实保证有最少50厘米的黄土耕作层，保证农民能够耕种。

据悉，新安县已完成香江万基石寺铝土矿孟庄采区和马行沟铝土矿安子岭采区、中铝石寺铝土矿贾沟矿区、青石沟铝土矿和中联铁门方山石灰石矿等一批矿山生态修复工程。共计恢复土地5300余亩，栽植各种经济林7万余株，全县矿山企业已完成围挡施工5600延米，抑尘网覆盖110余万平方米，配置雾炮机、洒水车80余台。

**洛宁县：边开发、边生产、边治理、边恢复**

河南发恩德矿业有限公司，是加拿大希尔威金属有限公司与河南有色地质矿产有限公司合作成立的地质勘探和矿山开发企业，主要在豫西地区开展以铅、锌、银为主的风险勘查与开发工作。目前矿区面积68.677平方千米，采矿规模为每年50.8万吨，选矿设计能力为每年50万吨。

近年来，随着“绿水青山就是金山银山”发展理念的提出，洛宁县坚持把绿色矿山建设作为促进生态文明建设、推动经济高质量发展的一项重要举措来抓，紧紧围绕退矿还绿、探矿护绿、采矿复绿的工作思路，进一步加强领导、落实责任，突出重点、统筹推进，全县绿色矿山建设取得了阶段性成效。

据现场负责人介绍，河南发恩德矿业有限公司坚持边开发、边生产、边治理、边恢复进行生态的修复再造，严格按照国家、省市关于绿色矿山建设的意见和要求，因地制宜对损坏山体、尾矿库等进行复垦披绿和恢复治理，对矿区开采区、生成区、生活区、办公区及周边环境进行综合治理。

在2017年建成投入使用的16.5千米矿井涌水回用管道工程将矿井涌水无害化处理后回排至选厂作为生产用水；对生活废水采用"生化处理+人工湿地"处理的工艺，出水全部回用于矿区冲厕、绿化浇灌等，不外排；在粉尘处理方面，采取喷雾、洒水、湿式凿岩、加设除尘器等措施处置采选过程中产生的粉尘，使矿区大气环境质量符合《环境空气质量标准》（GB 3095—2012）二级标准。为有效地降低地质灾害，保护矿山地质环境，2017年以来，本公司投资近500万元，建设完成各类防洪工程；在地质环境治理恢复与土地复垦方面，

矿山周围的复绿也颇有规模

严格按照资源开发利用方案、矿山地质环境治理恢复方案、土地复垦方案同时设计、同时施工、同时投入生产和管理，确保矿区环境得到及时治理和恢复。目前，公司在土地复垦及地质环境恢复治理工程方面投入超过1000万元，绿化面积超过20万平方米。

目前，总投资1.5亿元的河南发恩德矿业有限公司月亮沟矿区"绿色矿山"建设项目已经通过国土资源部验收。该项目共完成7座拦渣坝、5个废石场，35000平方米覆土绿化、5条主要防排洪隧（管）道、5600余平方米矿区绿化等工程。

# 走进洛阳：点“绿”成金
# 看洛城矿山建设展“新颜”

2019-04-23　18:25:24　中原网

中原网讯（张思沛）　四月，闻香识洛阳，在牡丹花绽放的季节，“生态文明媒体行”网络主题活动的记者团在4月22日来到了花城洛阳，在洛宁县和新安县实地考察绿色矿业建设情况，听听他们当地的“生态经”。

## 洛宁县：开发科学化　金山和青山兼可得

洛宁县自然资源丰富，是中国黄金协会命名的“十大产金县”，媒体团首先一行来到了洛宁县的一家银矿企业，记者们笑着谈论，“这提取出来真正的金和银，这才是家中有矿吧。”据该企业的工作人员介绍，他们采用的选矿工艺技术是优先选铅，再选锌，充分利用矿石中的有价组分，提高回收率。在尾矿处理上，通过逐级堆坝、以沙代坝的治理恢复方式可将矿渣全部恢复为草地林地。该矿已在还绿工程方面投入超过1000万元，还绿面积超20万平方米。

近年来，洛宁县坚持边开发、边生产、边治理、边恢复进行生态的修复再造。严格落实矿山环境恢复治理保证金制度，每年向各企业下达矿山披绿指标任务，督促指导各企业因地制宜对损坏山体、尾矿库等进行复垦披绿和恢复治理，对矿区开采区、生成区、生活区、办公区及周边环境进行综合治理。

目前，全县所有矿山企业已足额缴纳了矿山环境恢复治理保证金，累计完成投资2.5亿元，绿化治理矿区面积32平方千米，栽植树木760万株，撒播草籽300余公斤。

据相关负责人介绍，全县以绿色矿山建设为契机，以安全生产、环保达标、节能减排为切入点，不断加大对绿色矿山企业在享受矿产资源、建设用地、财税等方面的政策措施，督促企业实施技能改造和环保达标工程，落实绿色开采、清洁生产等规范要求。同时，坚守生态保护红线，大力推进绿色勘查和绿色开采，从源头上减少和控制矿产资源开采过程中对生态环境的影响。

**新安县："灰装"变"绿装"，如何"对症下策"？**

"我们这里的石榴、油葵、花椒、艾叶已经栽上了，这两天中国农科院给我们提供的苜蓿种子也会回来！矿山复绿带来的经济效益初见成效。"新安县自然资源局党委书记董强激动地说。

下午，媒体团赶赴洛阳市的第二个采访点新安县。该县以非煤矿山"环境治理"和"生态修复"两项整治为重点，开展了卓有成效的专项整治活动，让全县3000余亩矿山"灰装"变"绿装"。

"你们看，远处的那些新房是我们专项整治后，为400多户村民修建的惠民新居，他们也能跟城里人一样用上暖气了呢。"董强继续为记者讲解着。

恢复治理工作按照因山因势、因地因宜，实行先急后缓的原则，将采矿取土成区连片、问题集中的中铝、香江铝土矿采矿区作为重点先行治理，并按照"一坑一策"的原则，逐一制订整治方案，限期完成治理任务。

据了解，治理恢复工作根据不同地貌及裸露挂白情况，采取平整土地、客土回填、播撒草籽、种植树苗和藤类植物等措施，达到全面复绿效果。能恢复成耕地的，尽量恢复成耕地，确保全县耕地面积基本稳定。同时，对恢复成耕地的，切实保证有最少50厘米的黄土耕作层，保证农民能够耕种。

据统计，完成香江万基石寺铝土矿孟庄采区和马行沟铝土矿安子岭采区、中铝石寺铝土矿贾沟矿区、青石沟铝土矿和中联铁门方山石灰石矿等一批矿山生态修复工程。共计恢复土地5300余亩，栽植各种经济林7万余株，全县矿山企业已完成围挡施工5600延米、抑尘网覆盖110余万平方米，配置雾炮机、洒水车80余台。

记者站在马行沟坡上远望，从满目疮痍到现在生态修复初见成效，绿色版图正在新安县的工矿地上一点点扩建。

# 走进洛阳，看“灰色”矿山着“绿衣”

2019-04-24　20:42:56　商都网

4月22日上午，由河南省委网信办、省自然资源厅联合开展的“生态文明媒体行”网络主题活动，走进洛阳市洛宁县“国家级绿色矿山单位”——河南发恩德矿业有限公司。

河南发恩德矿业有限公司，是加拿大希尔威金属有限公司与河南有色地质矿产有限公司合作成立的地质勘探和矿山开发企业，主要在豫西地区开展以铅、锌、银为主的风险勘查与开发工作，目前矿区面积68.677平方千米，采矿规模为每年50.8万吨，选矿设计能力为每年50万吨。

随着“绿水青山就是金山银山”的发展理念的提出，洛宁县坚持把绿色矿山建设作为促进生态文明建设、推动经济高质量发展的一项重要举措来抓，紧紧围绕退矿还绿、探矿护绿、采矿复绿的工作思路，进一步加强领导、落实责任，突出重点、统筹推进，全县绿色矿山建设取得了阶段性成效。

洛宁县委副书记、县长周东柯接受采访说，洛宁把脱贫攻坚和绿色发展结合起来，我们的发展一定要实现绿色发展，那些以破坏生态环境为代价的“带血”GDP是拒绝的。

洛宁县县长周东柯向记者介绍情况

随后，记者团来到洛阳市新安县，采访矿山修复状况。

新安县委副书记、县长陈功对记者说，矿山生态环境修复是新安县生态环境治理的重要一环，2019年以来，新安县以非煤矿山“环境治理”和“生态修复”两项整治为重点，开展了专项整治活动，让全县3000余亩矿山“灰装”变“绿装”。

目前，新安县已完成香江万基石寺铝土矿孟庄采区和马行沟铝土矿安子岭采区、中铝石寺铝土矿贾沟矿区、青石沟铝土矿和中联铁门方山石灰石矿等一批矿山生态修复工程。共计恢复土地5300余亩，栽植各种经济林7万余株，

全县矿山企业已完成围挡施工 5600 延米，抑尘网覆盖 110 余万平方米，配置雾炮机、洒水车 80 余台。

据新安县自然资源局党委书记董强介绍，新安县矿山恢复治理工作按照因山因势、因地因宜，实行先急后缓的原则，将采矿取土成区连片、问题集中的中铝、香江铝土矿采矿区作为重点先行治理，并按照“一坑一策”的原则，逐一制订整治方案，限期完成治理任务。

治理恢复工作会根据不同地貌及裸露挂白情况，采取平整土地、客土回填、播撒草籽、种植树苗和藤类植物等措施，达到全面复绿效果。能恢复成耕地的，尽量恢复成耕地，同时，对恢复成耕地的，切实保证有最少 50 厘米的黄土耕作层，保证农民能够耕种，保护农民利益。

# 洛阳：建设绿色矿山　改善生态环境

2019-04-23　14:30:00　开封网

（武星光）　洛阳西依秦岭，东临嵩岳，北靠太行，风光秀美，古今辉映，是一座宜居宜商的希望之城。4月22日，“生态文明媒体行”采访团一行来到洛阳市洛宁县、新安县，实地采访他们是如何边开发、边生产、边治理、边恢复进行生态修复的。

河南发恩德矿业有限公司月亮沟矿区“绿色矿山”建设项目位于洛宁县，作为优秀的中外合作地质勘探和矿山开发项目，于2015年11月通过国土资源部验收。据了解，矿区创新选矿工艺技术，使整体选矿回收率达95%以上，远超我国目前选矿平均水平的90%。值得一提的是，河南发恩德尾矿库是一个山谷型尾矿库，选矿废水经尾矿库自然澄清后全部回收利用，废水回收利用率达70%。同时在尾矿库闭库后，通过逐级堆坝、以沙代坝的治理恢复方式可将矿渣全部恢复为草地林地。

新安县境内以铝土矿居多，石寺镇北岭村和贾沟村是中铝矿业洛阳分公司主采区之一。矿山生态环境修复一直是新安县生态环境治理的重要一环，2019年以来，新安县以非煤矿山“环境治理”和“生态修复”两项整治为重点，开展了卓有成效的专项整治活动，让全县3000余亩矿山重新焕发出勃勃生机。

新安县按照“横向到边，纵向到底，不留空缺，不留死角”的工作要求，按照“有坑主找坑主，无坑主找企业，无企业找属地”的原则，明确任务，逐一制订整治方案，限期完成治理任务。目前已完成中铝石寺铝土矿贾沟矿区、青石沟铝土矿区和中联铁门方山石灰石矿区等一批矿山生态修复工程，共计恢复土地5300余亩，栽植各种经济林7万余株，成效显著。

# 洛宁：走出治理矿山新道路 打造绿色矿山不止步

2019-04-23 洛阳网 - 掌上洛阳

（翟毅晓） 4月22日上午，“生态文明媒体行”采访团来到洛阳市洛宁县，深入了解洛宁矿区开发项目、矿山整治等情况。

河南发恩德矿业有限公司车间

洛宁县地处豫西山区、洛河中游，总面积2306平方千米。“河出图，洛出书”。在古老、美丽的洛水河畔坐落着河南省洛宁县矿区，作为优秀的中外合作地质勘探和矿山开发项目——河南发恩德矿业有限公司月亮沟矿区“绿色矿山”建设项目于2015年11月通过国土资源部验收。

矿区采用的选矿工艺技术是优先选铅、银，再选锌，充分利用矿石中的有价组分铅、锌、银，可使选矿回收率分别为铅97%、锌92%、银96%，铅银回收率达到我国目前选矿先进水平（90%~92%）。

采访团来到位于洛宁县下峪镇的庄头矿山尾矿库，发恩德公司总经理朋礼常介绍道，“我们现在所在的尾矿库是一个山谷型尾矿库，选矿废水经尾矿库自然澄清后全部回收利用，废水回收利用率达70%。同时在尾矿库闭库后，通过逐级堆坝、以沙代坝的治理恢复方式可将矿渣全部恢复为草地林地”。

目前，总投资1.5亿元的河南发恩德矿业有限公司月亮沟矿区“绿色矿山”建设项目已经通过国土资源部验收。该项目共完成7座拦渣坝、5个废石场、35000平方米覆土绿化、5条主要防排洪隧（管）道、5600余平方米矿区绿化等工程。

值得一提的是，在落实可持续发展、推进文明建设工作中，目前，公司在土地复垦及地质环境恢复治理工程方面投入超过1000万元，绿化面积超过20万平方米。

据了解，为加大矿山地质环境恢复治理力度，推进矿山复绿，洛宁县政府坚持边开发、边生产、边治理、边恢复进行生态的修复。目前，全县所有矿山企业已足额缴纳了矿山环境恢复治理保证金，累计完成投资2.5亿元，绿化治理矿区面积32平方千米，栽植树木760万株，撒播草籽300余公斤。

# 边开采边治理，坚持生态效益、经济效益与社会效益统一

## ——河南省“生态文明媒体行”走进洛阳市洛宁县与新安县

2019-04-23　08:50:35　和讯网

洛阳西依秦岭，东临嵩岳，北靠太行，风光秀美，古今辉映，这是一座宜居宜商的希望之城。4月22日河南省“生态文明媒体行”采访团走进洛阳市洛宁县与新安县。

近年来，洛宁县认真贯彻落实习近平总书记生态文明思想和“绿水青山就是金山银山”的发展理念，坚持把绿色矿山建设作为促进生态文明建设、推动经济高质量发展的一项重要举措来抓，紧紧围绕退矿还绿、探矿护绿、采矿复绿的工作思路，全县绿色矿山建设取得了阶段性成效。

### 加大矿山地质环境恢复治理力度，推进矿山复绿

坚持边开发、边生产、边治理、边恢复进行生态的修复，严格落实矿山环境恢复治理保证金制度，督促指导各企业因地制宜对损坏山体、尾矿库等进行复垦披绿和恢复治理，对矿区开采区、生成区、生活区、办公区及周边环境进行综合治理。目前，累计完成投资2.5亿元，绿化治理矿区面积32平方千米，栽植树木760万株，撒播草籽300余公斤。

### 加快“绿色矿山”项目建设，改善生态环境

目前，总投资1.5亿元的河南发恩德矿业有限公司月亮沟矿区“绿色矿山”建设项目已经通过国土资源部验收。该项目共完成7座拦渣坝、5个废石场，35000平方米覆土绿化、5条主要防排洪隧（管）道、5600余平方米矿区绿化等工程。

### 推进矿山绿色升级改造，提升发展竞争力

以绿色矿山建设为契机，以安全生产、环保达标、节能减排为切入点，不断加大对绿色矿山企业在享受矿产资源、建设用地、财税等方面的政策措施，督促企业实施技能改造和环保达标工程，落实绿色开采、清洁生产等规范要求。

新安县境内矿藏资源十分丰富，已探明的矿种达20余种。边开发边治理，新安县积累了丰富的环境治理经验。

**分类治理，压实责任**

矿山生态环境修复是新安县生态环境治理的重要一环，2019年以来，新安县3000余亩矿山由“灰装”变“绿装”。

全县按照“横向到边，纵向到底，不留空缺，不留死角”的工作要求，按照“有坑主找坑主，无坑主找企业，无企业找属地”的原则，明确任务，落实治理责任人。

新安县按照“一坑一策”的原则，逐一制订整治方案，限期完成治理任务。

治理恢复工作根据不同地貌及裸露挂白情况，采取平整土地、客土回填、播撒草籽、种植树苗和藤类植物等措施，达到全面复绿效果。能恢复成耕地的，尽量恢复成耕地，确保全县耕地面积基本稳定。

**综合施策，强力攻坚**

由于洛宁县矿山开采历史悠久，且部分矿山企业在开采中存在重开采、轻治理的思想，对矿山地质环境恢复治理不够重视，历史欠账较多，涉及的矛盾大，治理困难重重。为使治理工作扎实有效开展、顺利进行，我们从三个方面发力，综合施策，强力推进治理工作。

洛宁县国土资源局实行班子成员分包乡镇制度，要求每一名班子成员每天都必须到现场进行督导协调，及时与乡镇、企业沟通，实现了治理工作日日有进度，天天有新貌。对部分重点矿区、矿点，县国土资源局派专门执法人员，实行二十四小时轮班值守，重点监管，严防非法采矿行为发生。

**严格执法，联审联批，建立治理工作长效机制**

为切实加强源头管控，洛宁县采矿准入机制，提高环保准入门槛，从严控制矿业权。对申请开（复）工的非煤矿山企业，由县矿产品领导小组各相关成员单位（国土、环保、林业、水利、公安、安监）现场察看，联审联批，共同把关。手续齐全、土地复垦保证金足额缴纳到位，并达到环保要求，安装喷淋设备，进行湿法作业的给予复工验收，否则不得恢复生产。

同时，大力转变矿山开采方式，凡能够转为非可视面开采的，要限期转入非可视面开采；不能转为非可视面开采的，必须采用阶梯式开采方式。

# 看矿山复绿　盼脱贫摘帽

2019-04-23　一点资讯郑州

（李明亮）　4 月 22 日上午，由河南省委网信办、省自然资源厅联合开展的“生态文明媒体行”网络主题活动，第三站走进洛阳市洛宁县“国家级绿色矿山单位”——河南发恩德矿业有限公司，看该公司是如何边开发、边生产、边治理、边恢复进行生态的修复的。

河南发恩德矿业有限公司，是加拿大希尔威金属有限公司与河南有色地质矿产有限公司合作成立的地质勘探和矿山开发企业，主要在豫西地区开展以铅、锌、银为主的风险勘查与开发工作，目前矿区面积 68.677 平方千米，采矿规模为每年 50.8 万吨，选矿设计能力为每年 50 万吨。

近年来，随着“绿水青山就是金山银山”的发展理念的提出，洛宁县坚持把绿色矿山建设作为促进生态文明建设、推动经济高质量发展的一项重要举措来抓，紧紧围绕退矿还绿、探矿护绿、采矿复绿的工作思路，进一步加强领导、落实责任、突出重点、统筹推进，全县绿色矿山建设取得了阶段性成效。

## 着力效率提升　减少矿业污染

据河南发恩德矿业有限公司总经理朋常礼介绍，该公司在选矿、安全、机电、环保等多个专业领域拥有 20 多项国家专利。此外，该公司还引进国际先进技术，升级生产工艺，优化生产流程，极大地提高了资源利用率，目前其资源利用率可以达到 95% 以上，高于行业平均水平 5 个百分点，有效地降低了资源浪费，大大减轻了用水负担，从技术上最大可能地减弱了对环境的伤害。

洛宁县委副书记、县长

尾矿干堆区绿化

周东柯说，洛宁把脱贫攻坚和绿色发展结合起来，我们的发展一定要实现绿色发展，那些以破坏环境为代价的 GDP 洛宁宁可不要。

据河南发恩德矿业有限公司常务副总经理王永争介绍，该公司坚持边开发、边生产、边治理、边恢复进行生态的修复，严格按照国家、省市关于绿色矿山建设的意见和要求，因地制宜对损坏山体、尾矿库等进行复垦披绿和恢复治理，对矿区开采区、生成区、生活区、办公区及周边环境进行综合治理。

在 2017 年建成投入使用的 16.5 千米矿井涌水回用管道工程将矿井涌水无害化处理后回排至选厂作为生产用水；对生活废水采用“生化处理 + 人工湿地”处理的工艺，出水全部回用于矿区冲厕、绿化浇灌等，不外排；在粉尘处理方面，采取喷雾、洒水、湿式凿岩、加设除尘器等措施处置采选过程中产生的粉尘，矿区大气环境质量能够符合《环境空气质量标准》（GB 3095—2012）二级标准。为有效地降低地质灾害，保护矿山地质环境。

2017 年以来公司投资近 500 万元，建设完成各类防洪工程；在地质环境治理恢复与土地复垦方面，严格按照资源开发利用方案、矿山地质环境治理恢复方案、土地复垦方案同时设计、同时施工、同时投入生产和管理，确保矿区环境得到及时治理和恢复。目前，公司在土地复垦及地质环境恢复治理工程方面投入超过 1000 万元，绿化面积超过 20 万平方米。

目前，总投资 1.5 亿元的河南发恩德矿业有限公司月亮沟矿区“绿色矿山”建设项目已经通过国土资源部验收。该项目共完成 7 座拦渣坝、5 个废石场，35000 平方米覆土绿化、5 条主要防排洪隧（管）道、5600 余平方米矿区绿化等工程。

### 推进矿山复绿　改善生态环境

加大矿山地质环境恢复治理力度，推进矿山复绿。洛宁县要求各矿区企业坚持边开发、边生产、边治理、边恢复进行生态的修复，严格按照国家、省市关于绿色矿山建设的意见和要求，认真制订了全县绿色矿山建设工作实施方案，进一步明确了绿色矿山建设的总体要求、建设目标和重点任务等，并严格落实矿山环境恢复治理保证金制度，每年向各企业下达矿山披绿指标任务。目前，全县所有矿山企业已足额缴纳了矿山环境恢复治理保证金，累计完成投资 2.5 亿元，绿化治理矿区面积 32 平方千米，栽植树木 760 万株，撒播草籽 300 余公斤。

### 矿山绿色升级改造　提升发展竞争力

洛宁县委、县政府以绿色矿山建设为契机，以安全生产、环保达标、节能减排为切入点，不断加大对绿色矿山企业在享受矿产资源、建设用地、财税等方面的政策措施，督促企业实施技能改造和环保达标工程，落实绿色开采、清洁生产等规范要求。同时，坚守生态保护红线，大力推进绿色勘查和绿色开采，从源头上减少和控制矿产资源开采过程中对生态环境的影响。

### 打造产业链本地化服务机制　助力脱贫攻坚

据洛宁县委副书记、县长周东柯介绍，洛宁县围绕全县六大产业，根据企业需求，对接村企结对，帮助企业解决用工需求的同时，帮扶村集体成立村运输合作社等经济组织，助力解决农村富余劳动力生产岗位转移的问题，着力打赢洛宁脱贫攻坚战。

# 洛阳新安县矿山治理：“一坑一策”分类治理　深入推进矿山复绿

2019-04-23　一点资讯郑州

（李明亮）　4月22日下午，由河南省委网信办、省自然资源厅联合开展的“生态文明媒体行”网络主题活动，走进洛阳市新安县，采访新安县矿山生态修复情况。

新安县委副书记、县长陈功对记者讲，矿山生态环境修复是新安县生态环境治理的重要一环，2019年以来，新安县以非煤矿山“环境治理”和“生态修复”两项整治为重点，开展了专项整治活动，让全县3000余亩矿山“灰装”变“绿装”。

新安县已完成香江万基石寺铝土矿孟庄采区和马行沟铝土矿安子岭采区、中铝石寺铝土矿贾沟矿区、青石沟铝土矿和中联铁门方山石灰石矿等一批矿山生态修复工程。共计恢复土地5300余亩，栽植各种经济林7万余株，全县矿山企业已完成围挡施工5600延米，抑尘网覆盖110余万平方米，配置雾炮机、洒水车80余台。

新安县自然资源局党委书记董强介绍，新安县矿山恢复治理工作按照因山因势、因地因宜，实行先急后缓的原则，将采矿取土成区连片、问题集中的中铝、香江铝土矿采矿区作为重点先行治理，并按照“一坑一策”的原则，逐一制订整治方案，限期完成治理任务。

新安县自然资源局党委书记董强向记者介绍复绿情况

治理恢复工作根据不同地貌及裸露挂白情况，采取平整土地、客土回填、播撒草籽、种植树苗和藤类植物等措施，达到全面复绿效果。能恢复成耕地的，尽量恢复成耕地，确保全县耕地面积基本稳定。同时，对恢复成耕地的，切实保证有最少 50 厘米的黄土耕作层，保证农民能够耕种。

具体举措如下所述。

**分类治理，压实责任**

全县按照“横向到边，纵向到底，不留空缺，不留死角”的工作要求，按照“有坑主找坑主，无坑主找企业，无企业找属地”的原则，明确任务，落实治理责任人。按照“一坑一策”的原则，逐一制订整治方案，限期完成治理任务。

**乡镇分包，专人执法，严防非法采矿**

县自然资源局实行班子成员分包乡镇制度，每个班子成员每天必须现场督导协调，及时与乡镇、企业沟通，实现治理工作日日有进度，天天有新貌。对部分重点矿区、矿点，新安县国土资源局专人执法，实行二十四小时轮班值守，重点监管，严防非法采矿行为发生。

**严格执法，联审联批，建立长效机制**

为切实加强源头管控，新安县设置采矿准入机制，提高环保准入门槛，从严控制矿业权。对申请开（复）工的非煤矿山企业，由县矿产品领导小组各相关成员单位（国土、环保、林业、水利、公安、安监）现场察看，联审联批，共同把关。手续齐全、土地复垦保证金足额缴纳到位，并达到环保要求，安装喷淋设备，进行湿法作业的给予复工验收，否则不得恢复生产。

洛阳市自然资源和规划局副局长秦传钧向记者介绍绿色矿山建设情况

采访临近结束，从事三十余年国土地质工作的洛阳市自然资源和规划局副局长秦传钧谈起生态环境的动态管理，他向媒体团详细介绍起绿色矿山建设的“五化管理”，即勘探开发科学化、固废液废资源化、矿区环境生态化、企业管理数字化、社区矿区和谐化。他说，洛阳市矿山治理就在践行“五化管理”原则，实施矿山复绿。

# 三门峡篇

# 河南三门峡：铁腕治理矿山 保护生态环境

2019-04-24 17:50:00 新华网－河南频道

新华网郑州4月24日电（王堃松） 4月23日，由河南省委网信办、省自然资源厅联合开展的“生态文明媒体行”网络主题活动走进三门峡，考察该市湖滨区矿山生态环境恢复治理工作。

黄河大坝位于三门峡市湖滨区境内，站立坝顶，九曲黄河尽收眼底。然而在一年前，这里还是裸露的山坡。为解决这一问题，三门峡市相关部门硬起手腕治污治乱，积极推进综合治理，按照“谁矿权谁负责、谁污染谁治理、谁设障谁清除、谁破坏谁恢复”的原则，责令责任主体矿山开采企业严格按照标准要求和时间节点落实生态恢复治理任务，改善生态环境。

野猪洼捞煤沟铝土矿区虽因资源贫乏已经停产，但开采及排渣对生态环境造成1086.8亩的破坏。自2016年4月开始，该矿采取修拦渣、排水渠，土地平整、植树、撒播草籽等措施开展矿山地质环境恢复治理工作，并结合矿区的地形地貌，首次开展飞播造林，撒播臭椿、刺槐、紫穗槐、蜀葵等种子7900公斤，植树18万株。

“由于地貌原因，我们需要削坡降坡，将渣石回填，再将黄土覆盖在上面，然后是栽种油松、蜀桧和连翘等。”湖滨区区长李涛说。据他介绍，在治理高峰阶段，每天出动渣土车、挖掘机等机械 70 余台次。目前，已经恢复 700 亩，剩余需要治理的 300 亩露天采坑、排土场目前正在有序推进，预计 2019 年 6 月底将全部完成平整、覆土绿化工作。

七里沟－峭里矿区位于三门峡市湖滨区高庙乡，损毁土地面积约 393 亩。该矿区治理工程于 2018 年 3 月 27 日开始实施。目前，已恢复治理面积 286 亩，累计种植油松 20000 株。

下一步，三门峡市将按照“宜林则林、宜草则草、先易后难、逐步推进”的原则大力推进治理工作，力争早日实现矿山地质环境恢复，从而达到改善生态环境的目的。

# 三门峡：两岸青山翠　滔滔黄河流

2019-04-23　22:24:00　中华网河南

4月23日下午，由河南省委网信办、省自然资源厅联合开展的“生态文明媒体行”网络主题活动，最后一站走进天鹅之城三门峡市湖滨区，采访该区矿山恢复治理情况。

在三门峡市湖滨区境内，有“黄河第一坝”——三门峡大坝。如今站立坝顶，九曲黄河尽收眼底，“中流砥柱”一览无余。然而一年前放眼东望，却会看到一处较煞风景的突兀，一大片损毁植被的裸露山坡令人如鲠在喉，矿山开采带来的环境问题成了湖滨区的一个“心病”。

近年来，湖滨区集全区之力大力整治，始终把矿山生态恢复治理工作作为污染防治攻坚战的重要内容，全力以赴推进沿黄矿山生态环境治理工作。按照《保护区生态环境治理恢复方案》要求，要求各矿区坚持因地制宜，“宜林则林、宜草则草，先易后难、逐步推进”的原则大力推进治理工作。

黄河岸边青山翠

据了解，湖滨区境内黄河南岸铝土矿共3个，从西往东依次为中国铝业股份有限公司三门峡湖滨区七里沟－峭里铝土矿、三门峡锦鸿矿业有限公司宁家窝铝矿和三门峡锦滨矿业有限公司三门峡湖滨区野猪洼捞煤沟铝土矿。

从2016年开始，三门峡锦滨矿业有限公司野猪洼捞煤沟铝土矿矿区就开始着手矿山修复工作。

2016年以来，该矿采取修拦渣、排水渠，土地平整、植树、撒播草籽等措施开展矿山地质环境恢复治理，累计投入资金2060.2万元，累计完成治理面积765.14亩，清渣15万立方米，削坡、降坡42.4万立方米，平整场地540

亩，回填渣石 4.2 万立方米，覆盖黄土 63.9 万立方米，栽种油松 7.57 万株、侧柏 12.58 万株、白皮松 1.2 万株、蜀桧 0.9 万株、连翘 3.2 万株，撒播草籽 7800 公斤，拆除废弃彩钢房屋 650 平方米，修筑拦渣墙 1165 米，砌筑生态环保袋 22.78 万个。剩余需要治理的近 300 亩的露天采坑、排土场目前正在有序治理，2019 年 6 月底，全部完成平整、覆土、绿化工作。

中国铝业股份有限公司七里沟－峭里铝土矿峭里采区于 2016 年底开采完毕，2017 年 11 月委托河南省郑州地质工程勘察院编制峭里采区地质环境恢复治理工程勘察设计，2017 年 12 月委托河南金地工程咨询有限公司为环境恢

复治理工程监理。治理工程于 2018 年 3 月 27 日开始实施，已累计完成土方开挖 87954.65 立方米，土方回填 118627.12 立方米，场地平整 129122.32 平方米，边坡修整 68569.33 平方米，目前，已恢复治理面积 286 亩，累计种植油松 20000 棵。

“绿水青山就是金山银山”，下一步，三门峡市将坚持保护优先，按照“边开采、边治理”的原则，让天鹅之城的矿山都能“披红挂绿”，重新焕发出勃勃生机。

# 河南三门峡：多管齐下强力打造绿色矿山

2019-04-29　15:19:16　中工网

（董君亚）　自然赠与三门峡市诸多礼物，除了每年冬天穿山越岭而来的天鹅，还有丰富的矿产资源。4 月 23 日，河南省“生态文明媒体行”采访团最后一站抵达美丽的天鹅城——三门峡，对三门峡市湖滨区矿区的矿山治理问题进行实地探访。

抵达矿区，目之所及是立体化治理后的山体，山上密密麻麻的都是小小的油松苗，山下还种满了青草。“再下几场雨，这些树和草立刻会长起来，这几座山就会大变样。”三门峡市湖滨区区长李涛说道，对于矿山的复绿，

主要以植树种草为主要手段，矿山落差大、坡度大，增加了绿化的难度，植树种草的时候，还要先加固。据了解，三门峡市 2019 年春季已绿化矿山面积 5306.95 亩，超出计划量约 2000 亩。

在三门峡市，矿山企业是地质环境恢复治理的责任主体，矿山按照“谁破坏、谁治理”的原则，对地质环境问题进行恢复治理，彻底改变了过去“企业受益，地方受害，政府买单”的矿业生产格局。通过矿山地质灾害治理、监测；矿渣清理，采坑回填，修挡土墙、排水渠，土地平整、植树、撒播草籽等措施开展矿山地质环境恢复治理工作。

“过去，矿山给我们带来了很大的经济利益，如今，已经到了生态治理的阶段，不能继续不管不顾的开采。”三门峡市自然资源和规划局局长吴波感慨。

吴波介绍，为治理矿山，三门峡制定了六步策略，第一是关，关掉不符合生态绿化要求的矿企，目前已经关了 40 个；第二是退，自然保护区的矿企一个不留，全部退出，生态环境放在考虑的第一位；第三是治，边开采、边

治理，解决增量、处理存量同时进行；第四是建，制订三年攻坚方案，三年内建成绿色矿山，新开的矿山必须走绿色发展道路，老的矿山也要改造成绿色矿山；第五是管，实行严格的监管措施，计划给每一座矿山安上监控，不留死角，下一步将利用无人机、遥感卫星等智能装置，打造智能矿山；第六是绿，根据“宜林则林、宜耕则耕、宜草则草”的原则，对已经开发过的矿山复绿，据吴波介绍，三门峡市种植的花椒林，2018 年每亩收益高达 8000 元。

目前，三门峡市矿山累计恢复治理面积 32732.84 亩。其中全市黄河南岸铝土矿累计投入资金 17068.98 万元，共完成治理面积 15460.82 亩；小秦岭金矿区累计投入资金 11455 万元，关停采矿工程 497 个，处理矿渣 2141 万吨，覆土 42.7 万立方米，植树 11.8 万株，覆土种草 57.6 万立方米，清除生产生活设施 4734 个。

“如今，我市在矿山地质环境恢复治理工作方面虽然取得了一定成效，但矿山多年开采积淀的地质环境治理任务欠账较多，同时，受正在实施的采矿活动影响，相当一部分地貌破坏区域不具备治理条件，治理任务依然艰巨。”吴波表示，下一步，三门峡市将继续深入贯彻落实习近平生态文明思想和党的十八大精神，紧紧围绕统筹推进“五位一体”总体布局和协调推进“四个全面”战略布局，积极践行“绿水青山就是金山银山”的发展理念，坚持保护优先，坚持节约资源和保护环境的基本国策，突出重点、抓住关键，按照“边开采、边治理”的原则，多途径、多方式有序推进矿山地质环境治理和生态修复工作。

# “关、管、治、绿”
# 三门峡沿黄生态修复多管齐下

2019-04-25　10:48:00　中国搜索

中国搜索三门峡4月25日讯（刘　洋）　“一周前，在我们修建的一个蓄水池旁，还真见到了两头野猪娃儿……”提起前几天的经历，李建民仍难掩兴奋。

生态修复后的野猪洼捞煤沟铝土矿区

李建民所说的地方位于三门峡市湖滨区的野猪洼捞煤沟。虽然叫这个名字，但在李建民的记忆里，这里既没野猪，也没煤，而是一个铝土矿区。2014年底，该矿因为资源匮乏，停产至今。

李建民是三门峡锦滨矿业有限公司的负责人，也是野猪洼捞煤沟铝土矿区的总工程师。虽然已经停产，但他隔三差五地要来转转，因为公司还承担着矿山地质环境恢复治理的工作，此前因开采及排渣对生态环境造成扰动面积1086.8亩。

近年来，三门峡市委、市政府认真践行“绿水青山就是金山银山”的理念，以建设“绿色矿山”、改善矿区生态环境为基本目标，统筹“山水林田湖草”

系统治理。该市全面开展自然保护区内矿权退出工作，对与小秦岭国家自然保护区、黄河湿地国家自然保护区、卢氏大鲵省级自然保护区范围重合的 32 个采矿权全部清退，并按要求开展矿山地质环境恢复治理。

黄河湿地自然保护区内，采矿权全部退出

野猪洼捞煤沟铝土矿区正是其中之一。2016 年以来，该矿采取修拦渣、排水渠，土地平整、植树、撒播草籽等措施开展矿山地质环境恢复治理，累计投入资金 2060.2 万元，累计完成治理面积 765.14 亩，栽种油松、侧柏、白皮松、蜀桧、连翘等 22 万余株，撒播草籽 7800 公斤。剩余需要治理的近 300 亩的露天采坑、排土场目前正在有序治理，2019 年 6 月底将全部完成平整、覆土、绿化工作。

“我们对矿区进行地质环境恢复治理后，没想到还真的把野猪给吸引过来了，以后‘野猪洼’也不枉叫这个名字了！”李建民笑着说。

与野猪洼捞煤沟铝土矿区一样，位于湖滨区高庙乡的中国铝业七里沟－峪里铝矿矿区在 2016 年底开采完毕后，正在进行生态修复，如今也已是翠绿满山。中铝矿业驻三门峡市负责人史雁平介绍，公司负责修复的另一个矿区效果更好，已打造成“生态农庄”。

山上种树，树下养鸡，周边还有瓜果、蔬菜。这正是史雁平引以为傲的中国铝业陕县香草洼铝矿对尖草地历史遗留采坑进行矿山地质环境恢复和综合治理后，形成的人—矿—地和谐发展的新局面。共恢复治理面积 177 亩，通过土地流转，种植核桃树、香梨、花椒树 15000 余株，还安置了几十名农民就近务工，进行蔬菜、瓜果的种植和管理，以及小规模的鸡鸭养殖。

三门峡，一座伴随着“万里黄河第一坝”的修建而兴起的城市，如今有着“天鹅之城”“黄河明珠”的响亮名片。作为沿黄城市中距黄河最近的一座城市，三门峡市尤其重视对黄河生态的保护，积极推进沿黄矿区恢复治理、生态修复和沿黄生态带建设。

三门峡市自然资源和规划局局长吴波介绍，在矿山地质环境恢复治理工作中，三门峡市主要有针对性地采取了以下一系列措施。一、关退，自然保护区内的矿权全部退出，对环境影响严重且达不到最低准入标准的露天矿山，采矿证到期后一律予以关停；二、严管，在动态巡查中发现矿山企业存在矿山环境污染和损害矿山环境行为的，联合执法、共同查处；三、治理，按照“谁破坏谁治理、边开采边治理”的原则，矿山企业作为责任主体，积极对地质环境问题进行恢复治理；四、绿化，将矿区绿化纳入国土绿化行动，大力实施国家级绿色矿山建设。

据统计，目前，三门峡市矿山累计恢复治理面积 32732.84 亩，其中黄河南岸铝土矿共完成治理面积 15460.82 亩；2019 年春季全市已绿化矿山面积 5306.95 亩。

如今，站立三门峡黄河大坝放眼望去，黄河两岸青山翠绿的美丽画卷已经初现。随着矿山地质环境恢复治理工作的持续推进，沿黄生态也必将得到质的改善。

治理后的香草洼铝矿

# 三门峡：沿黄湿地护绿记

2019-04-25 08:57:00 河南日报客户端

（李 鹏） 三门峡大坝是万里黄河第一坝，站立坝顶，九曲黄河尽收眼底，“中流砥柱”一览无余。春风又绿黄河两岸时，如何守护住沿黄湿地这片绿意？

三门峡大坝

4月23至24日，“生态文明媒体行”采访团的最后一站便来到三门峡大坝所在的三门峡市湖滨区。采访团此行聚焦于矿山治理与修复，生态文明中，“山水林田湖草”是一个生命共同体，而对三门峡市来说，治矿与治黄紧密相连，我们的母亲河黄河沿岸湿地保护区的绿色矿山建设更为值得关注。

据河南日报客户端记者了解，三门峡市湖滨区境内黄河南岸铝土矿共3个，从西往东依次为中国铝业股份有限公司三门峡市湖滨区七里沟－峭里铝土矿、三门峡锦鸿矿业有限公司宁家窝铝矿和三门峡锦滨矿业有限公司三门峡湖滨区野猪洼捞煤沟铝土矿，已完成生态环境恢复治理1051.43亩。

在野猪洼捞煤沟铝土矿山上，记者看到，油松、侧柏、白皮松、蜀桧等，碧空之下长势喜人。

沿黄湿地内的矿山地质环境恢复治理，有何特殊之处？湖滨区区长李涛介绍，与其他地市的矿区治理重点在于搬迁安置群众不同，湖滨区沿黄湿地的治理难点在于大量的工程措施。矿渣清理，采坑回填，修挡土墙、排水渠，土地平整、植树、撒播草籽……每一步都要考虑黄河水情复杂、流域生态环境脆弱、沿岸落差大坡度大，增加了绿化难度。

“为了保护好我们的母亲河，不仅要绿化，更重在加固。能看到咱黄河边上的矿山一点点绿起来，大家也越来越有信心了！”李涛感慨道。

黄河生态应成“带”，成为越来越多人的共识。在2019年的全国政协十三届二次会议上，河南、青海、四川、甘肃、宁夏、内蒙古、陕西、山西、山东等沿黄九省（区）政协主席，联名向大会提交提案，建议将黄河生态带建设列入国家战略规划。

河南省自然资源厅副厅长余纪云在接受河南日报客户端记者采访时表示，2019年河南省自然资源厅的“六大工程”之一便是精心谋划推进沿黄生态带建设工程。努力把沿黄生态带打造成为我国生态文明建设与绿色发展的引领区，重塑河南省黄河流域生态建设新格局。从政策和资金上支持黄河滩区居民迁建、退耕还湿还草、基础设施完善等工程，为沿黄生态带建设提供坚实保障。

近年来，三门峡市以黄河湿地国家自然保护区、小秦岭国家自然保护区内及其周边沿黄铝土矿区和小秦岭金矿区矿山环境综合整治为重点，境内沿

黄自然保护区和湿地保护区内的露天开采和铝土矿企业将全部退出。目前，三门峡市矿山累计恢复治理面积 32732.84 亩，其中黄河南岸铝土矿累计投入资金 17068.98 万元，共完成治理面积 15460.82 亩，沿黄湿地矿区生态环境得到明显改善。

在七里沟－峭里铝土矿区内，当谈及矿山修复治理与沿黄生态带的关系时，三门峡市自然资源和规划局局长吴波指向黄河告诉记者，“近年来我们的矿山修复治理工作，正是为建设绿色百里黄河长廊打下基础。只有先抚平湿地的伤疤，才能更好地建设绿色长廊，从而实现发展沿黄生态带旅游产业的目标！”

记者跟随采访团结束此行时，立于沿黄湿地内矿山上遥望，滚滚黄河东流，两岸青山翠绿。

# 三门峡：立体生态农业让矿区换新颜农民收入涨了

2019-04-25 11:10:00 大河网

大河网讯（何心悦） 原本贫瘠干枯的土地种上了茄子、菠菜、大葱，吃蔬菜再也不用进城买了，村民不出家门就有钱挣……4 月 24 日，大河网记者在三门峡市获悉，陕州区和渑池县在矿山生态恢复治理中，利用生态立体农业，不仅恢复了环境，还带动了当地村民的增收。

陕州区位于黄河南岸，北临黄河与山西省平陆县隔岸相望。境内黄金矿产储量和产量均居全市第二位。

由于该区矿产资源储量丰富，开采历史悠久，而此前采矿作业闭坑后没有及时修复，致使全区 16 家矿区生态环境损坏面积达 15807.02 亩。

目前，陕州区已治理 6821.302 亩。栽植树木 123888 株，撒播草籽 12470 公斤，清渣 218.43 万立方米，覆盖黄土 251.95 万立方米，修筑拦渣墙 2105 米，装填生态环保袋 260000 个，栽种蜀葵 60000 株，削坡降坡清理渣石 103.76 万立方米，回填废弃采坑 2.2 万立方米，修筑排水沟 1000 米、沉淀池 2 个。

陕州区坚持“谁开发、谁保护，谁破坏、谁治理”的原则，对已破坏的矿山生态环境进行全面治理，做到应治皆治、应治必治，不欠新账，还清老账，保证全区铝土矿矿山地质环境与矿区周边环境相协调，提高矿山环境的综合效益。

陕州区晒出了矿山治理的“小目标”：力争2019年12月底前全面完成在建、生产矿山生态修复治理任务，做到应治尽治；2019年12月31日前完成无主废弃矿山杜家沟铝矿的生态环境治理；确保2020年6月30日前基本完成绿色矿山建设工作，并通过省、市验收。

在中国铝业股份有限公司陕县香草洼铝土矿矿区，车辆来往穿梭，一派繁忙的生产景象。

为响应国家大气污染治理的号召，渑池矿香草洼矿区在开采之初，就投入资金购买了2台洒水车，用于道路喷淋降尘，改善开采环境，既达到了环保要求，又确保了生产道路的畅通。

工农关系的融洽，是完成生产经营任务的基础。为此，在矿区所在地上庄村，渑池矿香草洼矿区投资110余万元，打了一眼500米的深水井，修建了一个容积500立方米的蓄水池，供当地村民生活用水和农业灌溉，不仅搞好了企地关系，而且保障了生产的顺利进行。

不仅如此，渑池矿香草洼矿区在上庄村建起了130亩的生态农庄，雇用当地农民进行蔬菜、瓜果的种植和管理，同样是在家门口种地，之前土地贫瘠、长期缺水，只能种些小麦，想吃点蔬菜都要去20千米以外的县城购买。现如今，贺百矿在家门口的生态农庄打工，每个月收入2000多元，300多亩新复垦平整的土地上种植了辣椒、红薯、茄子、油菜、菠菜、萝卜、白菜、大葱等经济作物，保障了生活所需，吃蔬菜再也不用进城买了，当地村民不用出家门就有钱挣。像贺百矿这样在金亮种植农民专业合作社打工的农民有70多人，他们在家门口就业挣钱，收入翻了几番。

中铝渑池员工在种土豆

金亮种植农民专业合作社坚持多元化经营，走可持续发展路子，流转土地210多亩。“2013年对矿区的采空区进行了回填复垦，并种植核桃树，在核桃树下又种植了杭白菊、豆角、西红柿、青菜，地埝边上栽植了花椒树等各类农林经济作物。如今，栽植核桃树 100 亩、5000 余株。”负责渑池县中铝公司宣传工作的陈山雷告诉记者。

生态农庄内种植收获的蔬菜、瓜果直接供应矿区食用，既环保又绿色。同时，采用多元化种植，在覆垦的土地上种植杨树、核桃树、花椒树、梨树等经济林木 100 多亩，既发展了当地的经济，又改善了环境，增添了绿色植被。

# 三门峡湖滨区：矿山绿了，野猪洼的野猪回来了！

2019-04-25　11:13:00　大河网

大河网讯（何心悦）　一个地方生态恢复得咋样，不光要靠人来衡量，还要看野生动物“用脚投票”。4 月 23 日，“生态文明媒体行”采访团来到三门峡黄河湿地自然保护区（下文可简称“保护区”）的铝土矿恢复区，看保护区矿山治理如何对症下药。

位于保护区的“黄河第一坝”——三门峡大坝是三门峡的绝对地标。立于大坝高处，九曲黄河尽收眼底，“中流砥柱”直视无碍。在黄河边上的野猪洼捞煤沟，记者看到周围种了油松、侧柏及大量草本植物，满目绿意；不远处“绿水青山就是金山银山”的蓝色招牌，在午后的阳光下分外夺目。

然而，仅仅在约一年前，这里还是一大片荒凉景象，矿山开采造成的生态破坏，曾是湖滨区的一块心病。

野猪洼捞煤沟，曾是三门峡锦滨矿业有限公司的铝土矿区。

李建民，三门峡锦滨矿业有限公司总工程师，提到治理前的野猪洼，他形容这里到处是“黑渣坡”，毫无生气。

“就在上周，具体搞恢复的工人来到这附近巡查，意外地发现了两头小野猪，还是头一回呢！”李建民告诉记者，为了方便治理，他们在山上挖了

水池，以便储存雨水，“那天，两头小野猪正好掉到水池里，应该是在找水喝，被我们发现。以前生态没有恢复的时候，哪有什么野猪，植被都长不好。”

的确，绿水青山在人类的眼中，就是金山银山，而在动物眼里，良好的生态环境，是它们赖以生存的根本。

三门峡锦滨矿业有限公司于 2007 年底获得野猪洼捞煤沟铝土矿采矿许可证，矿区面积 2.1128 平方千米，原开采方式为“露天 + 地下”联合开采。2014 年底，该矿由于资源贫乏，停产至今；而开采及排渣使黄河湿地自然保护区的 1086.8 亩土地受到影响。

据悉，该矿矿区范围与黄河湿地自然保护区重叠，目前重叠部分已全部退出自然保护区并进行了生态修复。2016 年以来，该矿采取修拦渣墙、排水渠，土地平整、植树、撒播草籽等措施开展矿山地质环境恢复治理，这组数字或许能说明——

累计投入资金 2060.2 万元，累计完成治理面积 765.14 亩；

清渣 15 万立方米，削坡、降坡 42.4 万立方米，平整场地 540 亩，回填渣石 4.2 万立方米，覆盖黄土 63.9 万立方米；

栽种油松 7.57 万株、侧柏 12.58 万株、白皮松 1.2 万株、蜀桧 0.9 万株、连翘 3.2 万株，撒播草籽 7800 公斤；

拆除废弃彩钢房屋 650 平方米，修筑拦渣墙 1165 米，砌筑生态环保袋 22.78 万个。

李建民说：“目前剩余需要治理的近 300 亩的露天采坑、排土场正在有序治理，2019 年 6 月底平整、覆土、绿化就全部完成了。”

沿黄生态带作为重点整治的区域，他们有针对性地采取了一系列治理步骤。对此，三门峡市自然资源规划局局长吴波把其总结为6个字：关、退、治、建、管、绿。

具体而言：一关，就是对环境影响严重且达不到最低准入标准的露天矿山，采矿证到期后一律予以关停；二退，主卧室全面开展自然保护区内矿权退出工作；三治，按照“谁破坏、谁治理”的原则，对地质环境问题进行恢复治理；四建，大力实施国家级绿色矿山建设；五管，充分利用数字科技手段，从整体上加大对矿山企业的监督和执法力度；六绿，开展国土绿化行动，以植树种草为主要手段，重点通过将零星分散的治理区域整体规划、科学提高，实现矿山生态修复质的提高。

据悉，湖滨区境内黄河南岸铝土矿共3个，从西往东依次为中国铝业股

份有限公司三门峡湖滨区七里沟－峭里铝土矿、三门峡锦鸿矿业有限公司宁家窝铝矿和三门峡锦滨矿业有限公司三门峡湖滨区野猪洼捞煤沟铝土矿。损坏生态环境1479.8亩，完成恢复治理1051.43亩。

目前，湖滨区累计投入资金2075.2万元，治理面积700余亩，高标准完成恢复治理任务，黄河湿地自然保护区野猪洼矿区生态环境得到明显改善。其中，拆除建筑物550平方米，清渣17.9万立方米，修筑拦渣墙865米、石笼挡墙80米、干砌石挡墙140米，覆盖黄土65.5万立方米，装填生态袋19.78万个，植树18.1905万株，播撒种子7900公斤，完成了生态环境整治工作。

# 春风惹绿湖滨区矿山，请君来观“五彩三门峡”

2019-04-24 11:05:33 河南商报 - 掌中河南

（陈媛媛 王 蒙） “黄河第一坝”——三门峡大坝，是河南三门峡的绝对地标和响亮名片，位于三门峡市湖滨区境内，站立坝顶，九曲黄河尽收眼底。

然而一年前，矿山开采带来的环境问题成了湖滨区的一个心病，一大片损毁植被的裸露山坡令人如鲠在喉。

近年来，湖滨区集全区之力进行整治，以实际行动让习近平生态文明思想在湖滨区落地生根。今日上坝头，可见两岸青山翠绿、黄河滚滚东流。

4月23日，采访团来到三门峡市湖滨区野猪洼捞煤沟铝土矿山上，放眼望去，油松、侧柏、白皮松、蜀桧等，在碧空之下长势喜人。

据湖滨区区长李涛介绍，2016年以来，该矿采取修拦渣、排水渠，土地平整、植树、撒播草籽等措施开展矿山地质环境恢复治理，累计投入资金2060.2万元，累计完成治理面积765.14亩。

“看到矿山一点点绿起来，大家也越来越有信心了。”李涛感慨。

在三门峡市湖滨区七里沟－峪里铝土矿区内，三门峡市自然资源规划局局长吴波说，当前三门峡市在矿山治理工作中，将沿黄生态带作为重点整治的区域，有针对性地采取了一系列治理步骤。

一关，对环境影响严重且达不到最低准入标准的露天矿山，采矿证到期后一律予以关停。

二退，全面开展自然保护区内矿权退出工作。

三治，一方面加大政府投入力度，对责任人缺失矿山的地质环境实施恢复治理。同时按照“谁破坏、谁治理”的原则，矿山企业作为地质环境恢复治理的责任主体，对地质环境问题进行恢复治理。

四建，大力实施国家级绿色矿山建设，积极开展绿色矿山创建活动，引导企业按照绿色矿山发展模式建设和经营矿山。

五管，充分利用数字科技手段，从整体上加大对矿山企业的监督和执法力度。

六绿，开展国土绿化行动，以植树种草为主要手段，重点通过将零星分散的治理区域整体规划、科学提高，实现矿山生态修复质的提高；同时，加强未治理区域的综合整治，着眼大局、科学治理，打造矿区国土绿化新亮点、新标杆。

当谈到矿山修复治理与沿黄生态带的关系时，吴波表示，近年来的矿山修复治理工作，正是为建设绿色百里黄河长廊打下了基础。换言之，只有先抚平历史的“伤痛”，才能更好地建设绿色长廊，从而实现发展沿黄生态带旅游产业的目标。

据悉，为促进实现结构更优、质量更高、效益更好的产业形态，三门峡市将继续做大做强黄金产业、铝及铝精深加工、煤及煤化工、特色农业，重点发展绿色制造、智能服务、旅游和大健康产业，打造以“黄、白、黑、红、绿”产业为主的“五彩三门峡”。

# 三门峡野猪洼矿区终于名副其实
# 小野猪在此“安家落户”

2019-04-25 东方今报·猛犸新闻

（肖 萌 陆希婉） “我一看，竟然有两头小野猪。”4月23日，在三门峡锦滨矿业有限公司野猪洼捞煤沟铝土矿区，总工程师李建民向记者感叹，上周四他来这边探查，突然在矿区发现两头小野猪，他表示，这在矿山实施生态保护之前是从没发现过的。

4月23日，“生态文明媒体行”采访团一行来到三门峡市野猪洼捞煤沟铝土矿矿区进行采访。据了解，这里与黄河湿地自然保护区重叠，如今重叠部分已按照要求全部退出自然保护区，累计完成治理面积765.14亩，植树18.1905万株，播撒种子7900公斤，生态环境得到明显改善，预计在今年6月底将全部完成平整、覆土、绿化工作。

“由于历史的原因，大家都知道，过去的采矿是粗放型的管理，这几年随着环保要求的提升，对矿区的要求越来越严。2019年河南省搞国土绿化行动，我们三门峡在搞廊道绿化的同时，把矿山生态绿化也纳入了重点治理的范围。”三门峡市自然资源与规划局局长吴波说。

据了解，目前三门峡全市已建成国家级绿色矿山4个。在吴波看来，绿色矿山建设，应该利用“关、退、治、建、管”五步进行，第一关，不符合要求的矿山全部关闭；第二退，露天开采的全部要退出来；第三治，边开采边治理，同时也对过去遗留的问题进行治理；第四建，通过一系列综合整治手段，在2020年之前要全部建成绿色矿山；第五管，通过各种监管手段来管理，比如用无人机监控。“我们今年到10月底之前，每个矿山要接监控视频，利用大数据，建设智慧矿山，到时候现场鼠标一拉就知道这地方什么情况。”

相信在不久的将来，人们登上黄河大坝，放眼东望，可见两岸青山翠绿、滔滔黄河向东流。

# 三门峡：黄河大坝两岸如今披上绿色外衣

2019-04-25　17:48:00　映象网

映象网讯（燕子丹　文／图）　“黄河第一坝”——三门峡大坝是河南三门峡的绝对地标和响亮名片，位于三门峡市湖滨区境内。站立坝顶，九曲黄河尽收眼底，“中流砥柱”一览无余，然而一年前放眼东望，却会看到一处较煞风景的突兀，一大片损毁植被的裸露山坡令人如鲠在喉，矿山开采带来的环境问题成了湖滨区的一个心病。4 月 23 日，“生态文明媒体行”采访团一行上到坝头，观摩湖滨区如何以实际行动让“绿水青山就是金山银山”的生态文明思想在这里落地生根。

黄河大坝两岸新种植的各种树种

“一关、二退、三治、四建、五管”让黄河大坝成为河南亮丽的风景线。

“青山绿树，碧波粼粼，山光水色……”构成了面前养眼的画卷。回首一年前，放眼东望还较煞风景，大片损毁植被的裸露山坡令人如鲠在喉，矿山开采带来的环境问题成了湖滨区的一个心病。据了解，湖滨区境内黄河南岸铝土矿共 3 个，其中，损坏生态环境 1479.8 亩，完成恢复治理 1051.43 亩。

黄河作为我们敬畏的母亲河，由于水情复杂，流域生态环境脆弱，是世界上治理最艰巨、保护难度最大的河流之一，在两岸矿山修复工作中更是困难重重。“矿山落差大、坡度大，这样增加了绿化难度，为了保护好我们的母亲河，不仅要绿化，还要加固。”三门峡市湖滨区区长李涛说。

据了解，为构筑黄河南岸绿色生态安全屏障，从2016年起，三门峡湖滨区严格按照“谁矿权谁负责、谁污染谁治理、谁设障谁清除、谁破坏谁恢复”的原则，多措并举加快修复治理境内黄河南岸铝土矿区，全力推动矿山可持续发展，促进矿区国土绿化事业良性发展。目前，累计投入资金2075.2万元，治理面积700余亩，高标准完成恢复治理任务，黄河湿地自然保护区野猪洼矿区生态环境得到明显改善。

在专人打理下，黄河大坝周边植被长势良好

三门峡市自然资源和规划局局长吴波表示，当前三门峡市在矿山治理工作中，将沿黄生态带作为重点整治的区域，有针对性地采取了一系列治理步骤。即：一关，对环境影响严重且达不到最低准入标准的露天矿山，采矿证到期后一律予以关停；二退，全面开展自然保护区内矿权退出工作；三治，按照“谁破坏、谁治理”的原则，对地质环境问题进行恢复治理；四建，大力实施国家级绿色矿山建设；五管，充分利用数字科技手段，从整体上加大对矿山企业的监督和执法力度；六绿，开展国土绿化行动，以植树种草为主要手段，重点通过将零星分散的治理区域整体规划、科学提高，实现矿山生态修复质的提高。

目前，三门峡市矿山累计恢复治理面积32732.84亩。其中全市黄河南岸铝土矿累计投入资金17068.98万元，共完成治理面积15460.82亩；小秦岭金矿区累计投入资金11455万元，关停采矿工程497个，处理矿渣2141万吨，覆土42.7万立方米，植树11.8万株，覆土种草57.6万立方米，清除生产生活设施4734个，矿区生态环境得到明显改善。

# 小野猪在此“安家落户”<br>三门峡野猪洼矿区终于名副其实

2019-04-24　19:59:25　东方今报·猛犸新闻

（肖　萌　陆希婉）　“我一看，竟然有两头小野猪。”4 月 23 日，在三门峡锦滨矿业有限公司野猪洼捞煤沟铝土矿区，总工程师李建民向记者感叹，上周周四他来这边探查，突然在矿区发现两头小野猪。他表示，这在矿山实施生态保护之前是从没发现过的。

4 月 23 日，“生态文明媒体行”采访团一行来到三门峡市野猪洼捞煤沟铝土矿矿区进行采访。据了解，这里与黄河湿地自然保护区重叠，如今重叠部分已按照要求全部退出自然保护区，累计完成治理面积 765.14 亩，植树 18.1905 万株，播撒种子 7900 公斤，生态环境得到明显改善，预计在 2019 年 6 月底将全部完成平整、覆土、绿化工作。

“根据气候情况不定期地进行浇水，如果没有雨水的话，一个礼拜至少浇一次！”李建民介绍，野猪洼矿区覆绿的最大难点是在海拔 300 米的山头上如何引水浇灌，目前只能利用洒水车开到山上来洒水，成本大，运输不易。

在三门峡中铝矿业有限公司，相关负责人史雁平告诉记者，对于这里的引水浇灌，他们购买了已搬迁山民的水井，利用山势走向可直接连通水管进行浇灌，目前，已恢复治理面积 286 亩，累计种植油松 20000 株，恢复质量进一步提高。

“由于历史的原因，大家都知道，过去的采矿是粗放型的管理，这几年随着环保要求的提升，对矿区的要求越来越严。今年河南省搞国土绿化行动，我们三门峡在搞廊道绿化的同时，把矿山生态绿化也纳入了重点治理的范围。”三门峡自然资源与规划局局长吴波说。

据了解，目前三门峡市全市已建成国家级绿色矿山 4 个。黄河南岸铝土矿开采区以植树种草为主要手段，以建设绿色矿山、改善矿区生态环境为基本目标，以矿地和谐、矿山治理与周边生态环境协调发展相互促进为主攻方向，进行矿山生态修复。

2019 年春季，三门峡已绿化矿山面积 5306.95 亩。其中栽植油松 131040

株，核桃树 13050 株，侧柏 160620 株，洋槐树 1000 株，蜀桧 10200 株，白皮松 79000 株，花椒树 32000 株，连翘 32000 株，迎春花 2200 株，冬青 200 株，其他果树 4400 株。

在吴波看来，绿色矿山建设，应该利用“关、退、治、建、管”五步进行，第一关，不符合要求的矿山全部关闭；第二退，露天开采的全部要退出来；第三治，边开采边治理，同时也对过去遗留下的问题进行治理。第四建，通过一系列综合整治手段，在 2020 年之前要全部建成绿色矿山。第五管，通过各种监管手段来管理，比如用无人机监控，“我们今年到 10 月底之前，每个矿山要接监控视频，利用大数据，建设智慧矿山，到时候现场鼠标一拉就知道这地方什么情况。”

相信在不久的将来，人们登上“黄河第一坝”——三门峡大坝，放眼东望，可见两岸青山翠绿、滔滔黄河向东流。

# 三门峡：两岸青山遮不住
# 沿黄矿区竖起绿色屏障

2019-04-24　21:28:26　中原网

中原网讯（张思沛）　“绿一片心情就好一点，看着植被一点点覆盖山头，大伙干活也更有信心了。”三门峡市湖滨区区长李涛指着湖滨区野猪洼捞煤沟铝土矿上那片跃入眼帘的绿色感慨道。

4月23日，“生态文明媒体行”网络主题活动的媒体团来到了“天鹅之城”三门峡市。三门峡市位于河南省西部，“黄河第一坝”——三门峡大坝是河南省三门峡市的绝对地标和响亮名片，位于三门峡市湖滨区境内。站立坝顶，九曲黄河尽收眼底，“中流砥柱”一览无余，然而一年前放眼东望，却会看到一处较煞风景的突兀，一大片损毁植被的裸露山坡令人如鲠在喉，矿山开采带来的环境问题成了湖滨区的一个心病。

湖滨区境内黄河南岸铝土矿共3个，从西往东依次为中国铝业股份有限公司三门峡市湖滨区七里沟－峪里铝土矿、三门峡锦鸿矿业有限公司宁家窝铝矿和三门峡锦滨矿业有限公司三门峡湖滨区野猪洼捞煤沟铝土矿。

记者看到，如今的矿区内已是一道风景，树木伫立其中，多种绿色植被点缀在矿区，抬头望去，随着不远处湍流不息的黄河水，这里竟美成了一幅画。

当记者问到李涛矿区恢复治理的难点时，他说：“最困难的就是水，因为水上不来，这里的土不厚，存不住水，我们2016年开始就用10辆灌溉洒水车，每天换人不换车，24小时不间断浇水。”

据当地工作人员介绍，该矿矿区范围与黄河湿地自然保护区重叠，已按照要求将重叠部分全部退出自然保护区，且已经进行了生态修复。2016年以来，该矿采取修拦渣墙、排水渠，土地平整、植树、撒播草籽等措施开展矿山地质环境恢复治理，累计投入资金2060.2万元，累计完成治理面积765.14亩，清渣15万立方米，削坡、降坡42.4万立方米，平整场地540亩，回填渣石4.2万立方米，覆盖黄土63.9万立方米，栽种油松7.57万株、侧柏12.58万株、白皮松1.2万株、蜀桧0.9万株、连翘3.2万株，撒播草籽7800公斤，拆除废弃彩钢房屋650平方米，修筑烂渣墙1165米，砌筑生态环保袋22.78万个。剩余需要治理的近300亩的露天采坑、排土场目前正在有序治理，2019年6月底将全部完成平整、覆土、绿化工作。

目前，湖滨区累计投入资金2075.2万元，治理面积700余亩，高标准完成恢复治理任务，黄河湿地自然保护区野猪洼矿区生态环境得到明显改善。

记者来到了采访的第二站——中国铝业七里沟－峭里铝矿矿区。该矿区位于三门峡市湖滨区高庙乡，矿区面积5.695平方千米，损毁土地面积约26.3公顷（约合395亩），目前已治理面积286.29亩，未治理面积约106.71亩（位

于开采区域，在开采过程中边开采边治理）。治理工程于2018年3月27日开始实施，已累计完成土方开挖87954.65立方米，土方回填118627.12立方米，场地平整129122.32平方米，边坡修整68569.33平方米，目前，已恢复治理面积286亩，累计种植油松20000株。

三门峡市自然资源和规划局局长吴波告诉记者，打造沿黄生态带，三门峡的矿区修复是重要部分，为矿区覆绿，就是为百里黄河长廊的建设铺根基。之后再带动旅游业、农业的发展。

今日的湖滨区，可见两岸青山翠绿、滔滔黄河东流。

# “天鹅之城”三门峡，青山围绕黄河流

2019-04-25 00:47:24 商都网

由河南省委网信办、省自然资源厅联合开展的“生态文明媒体行”网络主题活动，4月23日下午，走进“天鹅之城”三门峡市湖滨区，采访该区矿山恢复治理情况。

近年来，湖滨区大力整治，始终把矿山生态恢复治理工作作为污染防治攻坚战的重要内容，全力以赴推进沿黄矿山生态环境治理工作。按照《保护区生态环境治理恢复方案》要求，各矿区坚持因地制宜，“宜林则林、宜草则草，先易后难、逐步推进”的原则大力推进治理工作。

据了解，湖滨区境内黄河南岸铝土矿共3个，从西往东依次为中国铝业股份有限公司三门峡市湖滨区七里沟－峭里铝土矿、三门峡锦鸿矿业有限公司宁家窝铝矿和三门峡锦滨矿业有限公司三门峡湖滨区野猪洼捞煤沟铝土矿。

野猪洼捞煤沟铝土矿与黄河湿地自然保护区重叠，如今重叠部分已全面退出自然保护区，累计完成治理面积765.14亩，植树18.1905万株，播撒种子7900公斤，生态环境得到明显改善，预计在2019年6月底将全部完成平整、覆土、绿化工作。

李建民介绍："根据气候情况不定期地进行浇水，如果没有雨水的话，一个礼拜至少浇一次！"野猪洼矿区覆绿的最大难点是在海拔 300 米的山头上如何引水浇灌，目前只能利用洒水车开到山上来洒水，成本大，运输不易。

在三门峡中铝矿业有限公司，相关负责人史雁平告诉记者，对于这里的引水浇灌，他们购买已搬迁山民的水井，利用山势走向可直接连通水管进行浇灌，目前已恢复治理面积 286 亩，累计种植油松 20000 株，恢复质量进一步提高。

三门峡市自然资源和规划局局长吴波说："由于历史的原因，大家都知道，过去的采矿是粗放型的管理，这几年随着环保要求的提升，对矿区的要求越来越严。今年河南省搞国土绿化行动，我们三门峡在搞廊道绿化的同时，把矿山生态绿化也纳入了重点治理的范围。"

目前三门峡市全市已建成国家级绿色矿山 4 个。黄河南岸铝土矿开采区以植树种草为主要手段，以建设绿色矿山、改善矿区生态环境为基本目标，以矿地和谐、矿山治理与周边生态环境协调发展相互促进为主攻方向，进行矿山生态修复。

# 三门峡：春风绿湖滨　矿山生态修复显成效

2019-04-25　洛阳网－掌上洛阳

（翟毅晓）4月23日下午，“生态文明媒体行”采访团最后一站走进“天鹅之城”——三门峡市湖滨区，采访该区矿山恢复治理情况。

采访团来到三门峡市湖滨区野猪洼捞煤沟铝土矿山上。放眼望去，油松、侧柏、白皮松、蜀桧等，在碧空之下长势喜人。然而一年前放眼东望，却会看到一大片损毁植被的裸露山坡令人如鲠在喉，矿山开采带来的环境问题成了湖滨区的一个心病。

据湖滨区区长李涛介绍，2016年以来，该矿采取修拦渣墙、排水渠，土地平整、植树、撒播草籽等措施开展矿山地质环境恢复治理，累计投入资金2060.2万元，累计完成治理面积765.14亩。

“看到矿山一点点绿起来，大家也越来越有信心了。”李涛感慨道。

在三门峡市湖滨区七里沟－峭里铝土矿矿区内，三门峡市自然资源和规划局局长吴波接受采访时表示，当前三门峡市在矿山治理工作中，将沿黄生态带作为重点整治的区域，有针对性地采取了一系列治理步骤。即：一关，对环境影响严重且达不到最低准入标准的露天矿山，采矿证到期后一律予以关停；二退，全面开展自然保护区内矿权退出工作；三治，按照“谁破坏、谁治理”的原则，对地质环境问题进行恢复治理；四建，大力实施国家级绿色矿山建设；五管，充分利用数字科技手段，从整体上加大对矿山企业的监督和执法力度；六绿，开展国土绿化行动，以植树种草为主要手段，重点通过将零星分散的治理区域整体规划、科学提高，实现矿山生态修复质的提高。

据悉，为促进实现结构更优、质量更高、效益更好的产业形态，三门峡市将继续做大做强黄金产业、铝及铝精深加工、煤及煤化工、特色农业，重点发展绿色制造、智能服务、旅游和大健康产业，打造以“黄、白、黑、红、绿”产业为主的“五彩三门峡”。

# 春风满湖滨　入眼遍山绿

2019-04-24　08:35:20　和讯网

“黄河第一坝”——三门峡大坝位于三门峡市湖滨区境内，站立坝顶，九曲黄河尽收眼底，“中流砥柱”一览无余。4 月 23 日，“生态文明媒体行”采访团来到三门峡市湖滨区。

**加强领导，高位推进**

湖滨区成立了以区长为组长，分管林业、国土资源、环保工作的政府班子成员为副组长，国土、林业、环保、水利、安监、河务、高庙乡等相关单位主要负责人为成员的专项工作领导小组，加强对恢复治理工作的统一领导。

**压实责任，形成合力**

按照“谁矿权谁负责、谁污染谁治理、谁设障谁清除、谁破坏谁恢复”的原则，湖滨区委、区政府责令责任主体矿山开采企业严格按照标准要求和时间节点落实生态恢复治理任务，改善生态环境。

**加强督察，传导压力**

湖滨区委、区政府将矿山整治工作列入区污染防治攻坚战督察巡查的重

治理前　　治理后

野猪洼矿山治理前后对比图

点事项，并要求“两办”督察室定期通报矿山生态环境治理工作进展，并对环境突出问题开展了专项调研，督促相关部门和乡政府加快治理进度，确保整改治理成效。

### 高标治理，应绿尽绿

按照《保护区生态环境治理恢复方案》要求，坚持因地制宜，“宜林则林、宜草则草，先易后难、逐步推进”的原则大力推进治理工作。

湖滨区累计投入资金 1912.5 万元，治理面积 719 余亩（黄河湿地区域），高标准完成恢复治理任务，黄河湿地自然保护区野猪洼矿区生态环境得到明显改善。

### 成果丰硕，未来可期

湖滨区针对野猪洼矿山恢复治理区域进行提升治理，栽植油松 3000 株。目前，湖滨区累计投入资金 2075.2 万元，治理面积 700 余亩，高标准完成恢复治理任务，黄河湿地自然保护区野猪洼矿区生态环境得到明显改善。锦江野猪洼捞煤沟铝土矿矿区采取修拦渣墙、排水渠，土地平整、植树、撒播草籽等措施开展矿山地质环境恢复治理，累计完成治理面积 765.14 亩。

七里沟－崤里铝土矿崤里采矿区治理工程于 2018 年 3 月 27 日开始实施，已累计完成土方开挖 87954.65 立方米，土方回填 118627.12 立方米，场地平整 129122.32 平方米，边坡修整 68569.33 平方米，目前已恢复治理面积 286 亩，累计种植油松 20000 株。

治理前　　　　治理后

七里沟－崤里铝土矿崤里采矿区治理前后对比图